わたし、
二番目の彼女
でいいから。
JN073907

プロローグ

放課後、二人でいるところをみられないよう、遠回りをして帰っている。

ひとけのない線路沿い、フェンスとブロック塀が左右につづく、細い一本道でのことだ。

「暑いね」

となりを歩く早坂さんがいう。

さわやかな夏の制服、きれいに切りそろえられた髪、はにかむ表情はどこか幼い。

「のどかわいちゃった」

早坂さんはついさっき自動販売機で買ったサイダーをひとくち飲んでからいう。

「桐島くんも飲む？」

「いいのか？」

「うん」

あっさり手渡されるペットボトル。俺のカバンのなかにはお茶の入った水筒があるが、たしかにこの青い空の下では、よく冷えた炭酸を飲みたい気分だった。

しかし本当にいいのだろうか？

サイダーを飲んだばかりの、早坂さんのみずみずしいくちびるに思わず目がいく。

このまま飲んだら、完全にあれだ、間接キスだ。

でも、早坂さんはそんなこと一ミリも考えてない顔で、いかにも清純な女の子って感じのほほ笑みを浮かべている。

ここでためらってたら、それこそ意識してるみたいだ。

俺はなにくわぬ顔で口をつけ、サイダーを飲む。

「間接キスだね」

いわれて、むせ返った。

「……さては早坂さん、俺をからかっているな」

「えへへ」

ピースサインをする早坂さん。でも表情は控えめで、頰も赤くなっている。

「自分でやって自分で照れるなよ」

「て、照れてないもん」

そういいながらも早坂さんはあきらかに照れた様子で、そんなことより、と話をそらすようにいう。

「昼休み、友だちと熱心に話し込んでたよね」

「あいつ、片想いしてるらしくてさ」

「え⁉　桐島くんが友だちから恋愛のこと相談されるの⁉」

「似合わないよな。俺、地味だし、メガネかけてるし」

「でも私、桐島くんのルックス好きだよ。いかにも勉強だけできますって感じで、キャラクター完成してるもん」

「フォローになってないんだよなあ」

「それでそれで？　その友だちにはどんなアドバイスしてあげたの？」

「単純接触効果について説明した」

俺がいうと、目を輝かせていた早坂さんは、「あ、うん」と、急に微妙な顔になる。

「なんていうんだろ。なんか、あれだね。すごく桐島くんっぽい」

「それ、絶対褒めてないよな」

単純接触効果とは「よく目にするもの耳にするものには好感をもちやすい」という心理的な効果のことだ。ＣＭでみたことあるから買ってしまうという行動や、遠くにいる人よりも近くにいる人を好きになってしまう心理もこれで説明される。

「人は知っているものを好きになる。だから彼にはとにかく好きな女の子と毎日顔を合わせろとアドバイスした。あいさつ、物の貸し借り、なんでもいい」

「ふうん、単純接触効果か」

なるほどなるほど、とうなずきながら、早坂さんはいたずらっぽい表情になる。

「……じゃあ私たちもやってみようよ、それ」

手の甲をちょいちょいと、俺の手にあててくる。

「手、つなごうよ」

「いや、ここでいう接触というのは、みるとかきくとかそういう知覚的な話であってだな……」

「でも直接さわったらもっと効果あるかもしれないよ？　ていうか絶対そうだよ」

肩にかけていたカバンが、いつのまにか俺のいるほうとは反対側の肩に移動している。

距離が近く、俺は思わず緊張してしまう。

――直接さわったらもっと効果あるかもしれないよ？

早坂さんは絶対テキトーにいっただけだが、たしかにそうかもしれない。

意識してない女の子が相手でもそれとなく肩をさわられたらドキッとするし、もしお化け屋敷なんかで抱きつかれたりしたら、その女の子のことを好きになってしまう自信がある。

多分、これは頭ではコントロールできない、心のメカニズムなのだ。

さわるという行為には特別な力がある。

もしここで早坂さんと手をつないだらどうなるだろう？

俺は頭で考えているよりも早坂さんのことを好きになってしまうかもしれないし、早坂さんも想定してないほどに俺のことを好きになってくれるかもしれない。

「ねえ桐島くん」

早坂さんがまたちょいちょいと手の甲をあててくる。

どんどん近づいてきて、俺の腕に早坂さんの胸があたりそうになっている。

早坂さんはあどけない顔をしているが、体はかなり大人っぽい。

俺はなんだか急に恥ずかしくなって、顔をそらす。

「手をつなぐのは論理の飛躍だ。心理的効果の検証には不適切というか——」

「そうやって理屈こねて逃げようとするの、わるいクセだよ桐島くん」

早坂さんが俺の手を握ろうとする。

俺はズボンのポケットに手を隠す。

「ふうん、だったら勝手に腕組んじゃおっかな」

早坂さんが腕に抱きつくそぶりをみせるから、俺はあわてて道の端っこに逃げた。

そうやって少し離れて歩きながらも、腕を組むといわれたせいで、自然と早坂さんの白いブラウス、その胸元に目がいってしまう。

「えへへ、桐島くんが恥ずかしがる理由、なんとなくわかっちゃった」

「どうかな」

「いろいろさわったら、私たち、もっともっと仲良くなれるかもしれないよ？」

早坂さんはいたずらっぽい顔になり、がぜんやる気になってくっついてこようとする。

狭い路地裏での追いかけっこ。

早坂さん、表情やってることは子供みたいだけど、制服から伸びる手足はやっぱり高校生で、肌もきれいで、息があがって赤くなった頬が妙に色っぽい。

俺はまだ早坂さんの肌にふれる心の準備ができてないから、とにかく逃げまわる。早坂さんは運動神経がいいほうじゃないから、自分の足につまずいて転びそうになる。

「いいもん、だったらこうするもん」

早坂さんは道の先で、通せんぼするように体を広げた。

俺はそしらぬ顔でその脇を足早に通り抜けようとする。

「往生際がわるいよ、桐島くん！」

早坂さんが体ごとぶつかってきて、俺は肩で押し返し、ぎゅうぎゅうとせめぎ合う。

「やめるんだ、俺たちにはまだ早い！」

「私たち、そろそろもっと先にすすもうよ」

「ちょっと待て、話がすり変わっている。俺たち単純接触効果の話をしてたはずだ」

「それ、なんだっけ？」

いっそすがすがしいな！　しかし——。

「早坂さんだって男とふれ合ったことなんてないだろ。本当は恥ずかしいはずだ。なれてる女のふりをするのはよせ！」

完全に図星だったようで、早坂さんの目が泳ぎはじめる。

「な、な、なんのことかな桐島くん⁉」

「シャイなくせにそんなことして――」

「き、桐島くんのせいだよ！」

観念したのか、早坂さんはすねた顔になっていう。

「だって、ずっとずっと手もつないでくれないんだもん！」

最近あたりが強いと思っていたら、そんなことを考えていたのか。

めちゃくちゃかわいいなこの生き物、と思うものの、俺は勢いそのままにまたくっついてこようとする早坂さんを肩で押し返す。

「だからって無理をするな！　顔だってすごく赤いぞ！」

「無理なんかしてないもん、これは朝から熱があるだけだもん！」

「たとえそうだとしても！」

俺はまだ恥ずかしいのだった。

◇

翌朝の教室、俺は早坂さんを目で追っていた。

早坂さんは登校してすぐ、教科書を広げ授業の予習を始めた。ノートになにか書き込みながらも、おはようと声をかけられるたび、「おはよー」とあいさつを返している。

もともと愛想のいいほうだが、今日はやけに元気がいい。

無理をしているな、と思う。

「早坂、おはよう！」

となりのクラスの、ちょっと遊んでる感じの男子が教室に入ってきていう。

「今夜、スタジオ借りてバンドの練習するんだけどさ、聴きにこない？」

「ごめん……夜は無理だよ。門限もあるし……」

「そっか。また声かけるよ」

やっぱダメかあ、といいながら、すごすごと帰っていく。

それをみていたクラスの男子たちが会話を始める。

「早坂さん、相変わらずガード堅いな」

「わかってねえなあ。そこがいいんだろ。真面目で清純、いかにも大事に育てられた女の子って感じがよ」

「僕の独自調査によると、スマホの連絡先に登録されてる男はお父さんだけという噂だ」

俺の席の真後ろでそんな会話がおこなわれているのだが、俺は参加しないし、早坂さんについてのコメントを求められることもない。

「あれだけシャイだと、たとえ付き合えたとしても大変だろうな」

「わかってねえなあ。早坂さんがあの感じで、『手をつなぐなんて恥ずかしいよぉ』っていうのがいいんじゃねえか。ほんと、全然わかってねえ」

「僕の独自調査によると、早坂さんは多数の告白を受けているが誰とも付き合ったことがない。つまりウブなリアクションになることはまちがいない」

彼らの声が大きくて、早坂さんは教科書をみながら恥ずかしそうにうつむく。

「ちょっと男子、あかねちゃんで変な妄想しないでよ」

近くにいた女子がいう。あかねとは早坂さんの下の名前だ。

「そういうのに耐性ないんだから！」

やがてチャイムが鳴り、みんなが自分の席に戻っていく。男子は早坂さんを名残惜しそうにみているし、女子は早坂さんを守ろうと彼らを威嚇している。

そんな騒がしさのなか、ふと早坂さんと目が合った。早坂さんはとっさに教科書を上げて顔を隠す。しかし、じりじりと教科書を下げて、様子をうかがうようにこちらをみてきた。

『あんまりみてると、みんなにバレちゃうよ』

そんな顔をしていた。

頰がほんのりと赤い。

声をかけたい気もするけど、俺は視線を黒板に向けて授業の準備をする。

俺と早坂さんの関係はみんなには秘密だ。

昼休みになっても、この状況は変わらない。

俺はひとりで弁当を食べ、早坂さんはとなりの席に座る男子に話しかけられている。

さっき先生に説明された、進路希望調査についてだ。

「早坂さんは文系？　理系？」

「えっと……」

「文学部とか似合いそうじゃん。キャンパスのベンチで小説を読む文学少女！」

その会話に、他のクラスメートたちも入ってくる。

「英文科もいいんじゃない？　ペラペラになって、通訳とかＣＡは？」

「ここは家政学部でしょ！」

周りが盛りあがるなか、早坂さんが遠慮がちにいう。

「……理系なんだ」

一瞬、みんな「え？」という顔になる。それは早坂さんのイメージじゃない。

「ああ、なるほど！」

空気を読むのが上手いやつがいう。

「看護師さん！　白衣の天使かあ、早坂さんにぴったり、お世話されたい！」

それでその場はおさまった。

早坂さんはこっそり俺のほうをみて、弱々しく笑う。

まるで記号だな、と思う。

真面目さ、清純さ、かわいらしさだけを求められるファッションアイコン。

たしかに早坂さんはイメージどおりの女の子だ。

授業中は一生懸命ノートをとるし、テスト範囲をきき忘れたクラスメートにはメモを書いて渡してあげるし、日直でなくても先生の資料を運ぶ手伝いをする。体育の時間、運動は少し苦手だけれど、何度も足をぶつけながらがんばってハードルを跳ぶ。

進路についても、早坂さんはふわふわの動物をずっとさわってたいという理由で獣医学部への進学を希望しているから、そのイメージからさほど外れてはいない。

みんな、そんな早坂さんのことが大好きだ。

でも、ときどきその好きが、かわいいお人形さんにたいする好きと同じにみえる。

記号としてしか、早坂さんのことをみていない。

だから、今日の早坂さんの様子が、いつもとちがうことにみんな気づいていない。

俺はそれが心配で、みていられなくて、立ち上がって早坂さんの席に向かっていく。

「え、え？」

教室で話しかけたことなんてないから、早坂さんが戸惑いの声をあげる。

でも俺は、さも偶然通りかかったふりをしていう。

「早坂さん、顔赤くない？」

「熱、あるんじゃないのか？」

早坂さんも無理しすぎだ。昨日、自分でいってたじゃないか。

そこでみんなも早坂さんが今日ずっと体調がわるそうだったことに気づく。
◇

五時間目が始まる直前、俺は教室を抜けだした。

窓から早退して帰っていく早坂さんがみえたのだ。

校門をでて、しばらくいったところで、ふらふらと歩く早坂さんに追いつく。

「桐島くん、なんで⁉」

「家まで送る。カバン持つよ」

「……ごめんね、迷惑かけちゃって」

「早坂さんはがんばりすぎだ」

「……うん。でもね、みんなの前だとね、ついつい、いい子にふるまっちゃうんだ」

でもホントはそんなことないんだよ、と早坂さんはいう。

「みんなが思ってるより、ずっとずっとわるい子なんだよ」

早坂さんは今にも倒れそうで、俺は思わず彼女の手を握っていた。

「桐島くん？」

つないだ手をみて、早坂さんが目を丸くする。

「……これはその、あれだ。単純接触効果を試してみようと思ったというか、なんというか」

「うん。それで、効果ある？」

「わからない。体が熱くなってきた。なんだか俺まで熱があるみたいだ……」

「私、これけっこう好きかも」

早坂さんは手を握ったまま、俺に体をあずけてくる。

「効果、あるかも」

もたれかかってくる重さと、伝わってくる熱さ。

体の側面で、早坂さんの存在を感じる。イメージや、アイコンなんかじゃない。

「みんな、私がこんなことしてるって知ったらビックリするんだろうね……」

「スキャンダルだろうな」

早坂さんは今、教室では絶対にみせない、甘えきった表情をしている。

「私ね、前から桐島くんにさわりたいって思ってたんだ」

そういいながら、火照った顔のまま嬉しそうにくっついてくる。俺の感触を楽しむように手を強く握ったり、弱く握ったりする。

「ずっと熱だしてよっかな」

「なんで？」

「桐島くんが優しくしてくれるから」

早坂さんは必要以上に、顔や体をぴったりと俺にくっつけてくる。

「わざとやってるだろ」

「元気になったら、もっともっと、いけないことしようね」

「あのなあ」

「だって私、いい子じゃないもん」

夏風邪を引いた早坂さんを抱きかかえるようにして家まで送った。彼女は体調がすこぶるわるそうだったけど、「えへへ」と満足そうに笑っていた。

はたからみたら、かわいい女の子と、なにかのまちがいで付き合うことになった冴えない彼氏にみえるだろう。たしかに俺と早坂さんは恋人だからそのとおりにちがいない。


でも、俺たちには誰にもいえない秘密がある。

俺には他に好きな人がいて、早坂さんは二番目だ。

早坂さんにも他に好きな人がいて、俺は二番目だ。つまり——。

俺たちは互いに一番好きな人がいるにもかかわらず、二番目同士で付き合っている。

第1話　二番と一番

ミステリー研究部の部室は、旧校舎二階の一番はしにある。

かつては来客用の応接室として使われていたため、給湯ポットに冷蔵庫、エアコンにソファーセットまである。とても快適な空間だ。となりの第二音楽室からは、放課後になるといつもピアノの音がきこえてくる。個人的な練習に使っている生徒がいるのだ。

「俺らの学校でさ、モテる女子っていえば誰だろうな？」

生徒会長の牧翔太（まきしょうた）がいう。

放課後、部室でのことだ。俺がいつものごとくソファーでくつろぎながら、となりからきこえてくるピアノの音に耳を澄ませていたら、突然入ってきた。

入学当初、廃部寸前のミス研の存在を教えてくれたのがこの男だ。おかげで現在、二年の夏にいたるまでこの部室をひとりで使って、それなりに居心地のいい高校生活を送っている。

「人気でいったら、やっぱ橘（たちばな）ひかりと早坂（はやさか）あかねのツートップかな？」

「そうなるだろうな」

「桐島（きりしま）はどっちが好き？」

「ひさびさに遊びにきたと思ったら、いきなりぶっこんできたな」

「桐島はたしか、橘だったよな？」

そうだ。俺はかつてこの男に、好きな女の子について語ったことがある。

一番好きなのは橘さん、そして二番目に好きなのがあのシャイな早坂さん。

つないだ手の感触はまだ覚えている。

「桐島って、スーパーカーを好きになるタイプだよな。フェラーリとかランボルギーニとか、そういう超ハイスペックマシン」

「なんだよ、それ」

「だって、橘ひかりってそうじゃん。色素薄くて超美人で、全然感情ださなくて」

髪は長くて背は高め、ほっそりとしたモデル体形で、無口で無表情。ひとりでいることが多く、彼女の周りだけ気温が低そうにみえる。

近寄りがたくて、いかにも高級って感じがする。

「逆に早坂は品質のいい日本車だよな」

「失礼なやつだな」

「いや、結婚するなら絶対早坂だって。家庭的な感じがするし、すげえ清純だし。まさに優等生、浮気とか絶対しなそう。告白された人数なら橘より上だろ」

「そういうパブリックイメージだけで語るの、感心しないな」

早坂さんは親しみやすく、誰からも好かれている。

髪は肩まで、背は低め。みんなの輪のなかにいて、いつもちょっと困ったように笑っている。

しかし控えめな態度とは裏腹に、隠れた特徴として、牧の品のない表現をかりるなら「理性が二秒でトんじまう体つき」をしている。つまり、胸やスカートに視線が集まる女の子。

「本人には絶対いえないけどな」

「なんでいえないんだよ」

「だって、エロい目でみてるって思われたら、それだけで嫌われるだろ」

「もうバレてると思うけどな」

「そんなわけないだろ。あの早坂だぞ？　あれはあれで高嶺の花なんだよなあ」

清楚で真面目で、潔癖というアイコン。

どれだけルックスが良くても、どれだけモテても、恋人はつくらず、いつまでも真っ白でいることを期待されている。

でも俺は、早坂さんがいっていたことを思いだす。

『私、いい子なんかじゃないよ』

早坂さんは本音では、周囲のイメージに窮屈さを感じている。

「なあ牧、俺は思うんだけど、早坂さん、実はけっこう普通の女の子なんじゃないか？」

親しい男子とは手をつないでみたくなる、とか。

牧にいわせればスーパーカーみたいな橘さんだって、そうかもしれない。

そんなことを考えていると、となりの音楽室からきこえてくるピアノの音の曲調が変わる。

「気になるあの子は意外と普通ってか？」

「イメージが先行しすぎてるってことはあるだろ」

「まあな。でも、ギャップがあったとしても、俺たちにはわからないよな。それこそ恋人にでもならないかぎり」

　でもあの二人は人気ありすぎて付き合うのはハードル高いよな、と牧はいう。

「桐島はどうなんだ？　絶賛片想い中の橘との恋の可能性は？」

「まったくない。でも、それがつらいこととも思わない」

「なんで？」

「一番好きな人と付き合えないなんて当たり前のことだから」

　よく考えてみろよ、と俺はいう。

「たくさんの人から好かれる人が存在する。人気のある人、モテる人。でもその人と付き合えるのはたったひとりだけ。ということは、それ以外の全員が失恋することになる。だから――」

　失恋した人は新しい恋を探すしかない。それは二番目、三番目の恋だ。一番じゃない。

「俺たちは妥協して恋をするしかない」

「ひねくれてんなあ」

「現実的なだけだ」

純愛なんて幻想だ。現実の俺たちは自分をだまし、他人をだまして恋をする。

「恋愛ルサンチマン……」

「ていうか、わざわざこんな恋話(コイバナ)するためにここにきたのかよ」

ちがうちがう、と牧(まき)は手をふる。

「野崎(のざき)のカラオケ企画に誘いにきたんだよ」

「ああ、あれか。でも俺、歌下手だからな」

「別にいいだろ。俺たちなんて添えものなんだし。あいつ必死だし、手伝ってやろうぜ」

「わかったわかった」

俺はテキトーに返事をしながら、壁の時計に目をやっていう。

「じゃあ、用事があるからそろそろ帰るよ」

「なんだ、最後まで聴いていかないのか」

牧(まき)がとなりの音楽室を指さす。今日もピアノの音がきこえてくる。でも。

「風邪を引いた友人のお見舞いにいかなきゃいけないんだ」

「律義(りちぎ)だな」

それにしても、と牧(まき)はいう。

「桐島(きりしま)ってあれみたいだよな、アメリカの小説。好きな女の子の住む屋敷(やしき)の明かりを、対岸からずっと酒飲みながら眺めてるやつ」

「グレート・ギャツビー」

「そう、それ」

邦題は『偉大なるギャツビー』。スコット・フィッツジェラルドが書いた小説で、こういう好きな人に怒られるかもしれないけど、主人公のギャツビーが一番好きな女の子と付き合えず、未練たらたら酒を飲む物語だ。

「俺はジェイ・ギャツビーほどセンチメンタルじゃない」

「でもよお、毎日、壁越しに好きな女の子が弾くピアノを聴いてるだろ」

そのとおり。

となりでピアノの練習をしているのは、あの橘さんだ。

どこか無機質で、感情表現の薄い、俺が一番好きな女の子。

「いっとくけど、部屋を使いはじめたのはこっちが先だからな」

「なんかあるかもって期待した？」

「するわけないだろ」

まあ、そうだよなと牧はいう。

「橘は無理だよな」

「だって、もう彼氏いるもんな」

◇

俺は早坂さんのことが二番目に好き。

早坂さんも俺のことが二番目に好き。

夏の初め、互いに二番目に好きであることを知り、俺たちは二番目の恋人になった。好きの順番が二番目ということ以外は普通の恋人とかわらない。

思うに、二番目に好きという感情はそんなに軽いものじゃない。

甲子園でいえば準優勝、大富豪でいえば2のカード、それってめちゃくちゃ強い。

だから俺は早坂さんと手をつなぐだけでドキドキするし、風邪を引いたら心配でお見舞いにだっていく。

「わざわざごめんね」

住宅街にあるマンション、玄関を開けて出迎えてくれたのは早坂さん本人だった。

「寝てなくて大丈夫なのか？」

「今、他に誰もいないから」

「え？」

「あがっていって」

あまりに自然で、早坂さんが当たり前のように背を向けて奥にいこうとするから、俺も思わず敷居をまたいでいた。靴を脱いだところで、一瞬くらっとする。他人の家の香りだ。

早坂さんは寒気がするのか、パジャマの上にカーディガンを羽織っている。サイズがぴったりなせいか、ボディラインが強調されていて、とても煽情的だ。

今、他に誰もいないから。

さっきの早坂さんの言葉が浮かんでくる。後ろから抱きしめたらどうなるだろう、なんて考えそうになって、俺は急いで打ち消した。早坂さんは風邪を引いているのだ。よくない。

きょろきょろするのも失礼に思えて、俺はつま先だけをみて廊下を歩いた。

「ここが私の部屋」

早坂さんの部屋に通される。きれいに整理整頓されていて、ちゃんとした家の子って感じがする。机の上に置かれた筆箱やシャーペンがカラフルで、とても女の子っぽい。

「よかったらこれ、飲み物とヨーグルト」

「ありがと。そこの座イスに座って」

パジャマ姿の早坂さんはぺたんと床に座りながら、スポーツ飲料を半分ほど飲んだ。まだ熱があるみたいで、顔がほてっている。

「ごめん、なんか押しかけちゃって。すぐ帰るよ」

「ううん、桐島くんがきてくれて嬉しい。もっとおしゃべりしたい」

「でも体調わるそうだ」

「じゃあ、私は横になってるから、まだ帰らないでお話ししよ」

早坂さんはベッドに横になり、布団をかぶる。俺は早坂さんに、今日学校であったことをとりとめもなく話した。早坂さんは楽しそうに笑った。放課後の牧との会話の内容はほとんど伏せて、ただカラオケ大会に誘われたことを話したそのときだった。

「それ、私もいくよ」

「え？」

野崎のカラオケ企画。それは野崎くんというクラスメートが、好きな女の子にアプローチする勇気がなくて、それなら何人かで遊びながら、だんだん仲良くなっていこうと企画されたものだ。俺のいえたことじゃないが、なかなか回りくどい。

たしか相手は図書委員の女の子だったはずだ。

「どうして早坂さんが？」

「私にもメッセージまわってきた。人数、けっこう多くなってるよ。桐島くんがくるって知らなかったから、風邪が治ったらいくって返事しちゃった」

「牧のやつ、手当たり次第に人を集めてるな」

「ちゃんと他人のふりしなきゃね」

「そうだな。早坂さんと仲良くしてたら、他の男子から袋叩きにされるし」

「そうじゃないよ。これ」

早坂さんがスマホの画面をみせてくる。カラオケ大会のグループメッセージが早くもつくられていた。そこにならんだアイコンの一つを指ししめす。

「クマ？　それ、どこかの地方のゆるキャラだよな」

「誰かわからない？」

「クマみたいな知り合いはいないけど」

「アイコンとちがって、すごくきれいな人だよ。すごく高級で、特別感のある女の子」

「まさか」

「うん、そう。これ、橘さんのアイコン。くるみたい」

早坂さんは俺の顔をみながら、いつもの困ったような笑顔でいう。

「なにか手伝ったほうがいい？　桐島くんが橘さんと仲良くなれるように」

「そんなのしなくていいよ」

俺たちは練習彼氏や練習彼女でもなければ、相手を誰かの代わりにしているわけでもない。ちゃんとした恋人だ。ただ、互いに一番がいることに自覚的なだけ。

一番と結ばれることが難しいから、二番を滑り止めにした。

恋愛を受験のように扱うことに批判的な人はいるだろう。

だから俺たちは少し不健全だ。

「よかった。私、桐島くんのことちゃんと好きなんだよ。だから手伝ってほしいっていわれたら、ちょっとつらかった」

早坂さん、熱のせいかなんだかストレートだ。

そこで会話が途切れる。話題は尽きてしまった。

女の子の部屋に二人きり、家には他に誰もいない。やけに静かで、置き時計の秒針の進む音がきこえる。俺は自分が変なことを考える前に、「じゃ、これで」と立ち上がろうとする。

でもその前に、早坂さんが口を開いた。

「ねえ桐島くん、こっちきて」

早坂さんは布団をめくりながらいう。

「単純接触効果、やろ」

昨日、手をつなぐのをかなり気に入った様子だった。百歩譲って手をつなぐのはいい。

「しかし早坂さん、その感じだと添い寝する格好になりそうだが……」

「そうだけど？」

真顔でいうからおそろしい。

「私、手つなぎたい。一緒に布団入ろ」

一時的に理性を失っているだけなのか、これが清純、清楚というイメージの下にある本来の早坂さんなのか、どちらかはわからない。いずれにせよ——

「かなり熱があるな。まったく正常な判断ができていない」

「そんなことないよ」

「いや、人は熱があると思考力が低下する。脳の前頭葉の機能が働かなくなるんだ」

「あ、また理屈こねはじめた」

「それに添い寝をしなくても、俺が布団の外から手を握ることもできる」

「よくないと思うなあ、桐島くんのそういうところ」

早坂さんはすねたような顔をする。でも、少し楽しんでいるようにもみえる。

「桐島くんは私と一緒に布団に入るのいや？」

「いやじゃないけど、手をつなぐだけじゃすまなくなるかもしれないだろ」

「私……それでもいいよ」

「早坂さん、冷静になれ。ものには順序というものが――」

「順序って、世間の人たちが決めた恋愛のイメージでしょ？　いい子はちゃんと順序をふんで恋愛しましょう。桐島くんがいったんだよ、そういうのにとらわれない恋をしよう、って」

そうだ。

俺たちはいつもなにかのイメージにとらわれている。人は夢をもたなければいけない、友だちは多いほうがいい、なにかに打ち込んでいる人はかっこいい、一途に一人を想いつづけることは美しい。そういうイメージに自分をはめようとして、はまらなくて、苦しくなる。

早坂さんに至っては、周りから求められるイメージでがんじがらめになっている。

だから恋愛くらいはそういう世間の価値観やイメージを借りたりせず、不器用なりに自分たちでやっていこうと決めた。

「ねえ桐島くん、私、桐島くんの前ならいい子じゃなくてもいいんでしょ？　清純な早坂さんじゃなくてもいいんでしょ？」

布団をめくって俺を待つ早坂さんの表情は、妙に色っぽい。

「だったらさ、一緒に布団に入って手をつなぐくらい、してほしい」

「……わかった」

俺だって女の子の部屋に入ってなにも期待してなかったわけじゃない。一緒に布団に入って手をつなぐくらい、いいじゃないか。

意を決して、ベッドに近づいていく。

早坂さんは熱のせいか少し汗をかいていて、その湿った空気と熱気が伝わってくる。

期待に満ちた濡れた瞳と、肌にはりついたパジャマ。

「いや、やっぱこれはさすがにまずいだろ！」

俺は正気に戻ってベッドから離れる。あやうく雰囲気に流されるところだった。

「もう！　あとちょっとだったのになあ」

残念そうな顔をする早坂さん。でも全然あきらめてなくて、すぐになにか思いついた顔になって、あやしく笑いながらいう。

「だったらさ、練習だと思えばいいよ」

「練習？」

「いつか橘さんと同じ布団に入るときのために、二番の私で練習するの」

「いや、そういう考えは早坂さんにわるいだろ」

俺たちの関係は二番目だけど、ちゃんと好きというのが前提で、一番の恋が叶わないことの寂しさを埋めるためにやってるわけじゃない。でも――。

「口ではそういっても、やっぱりそういう部分はあるよ」

早坂さんはいう。

「だからさ、私を練習に使ってよ。それとも練習にもならないくらい、私って魅力ない？」

「そんなことないけど……」

俺がもたついているから、早坂さんはさらに重ねていう。

「なんだか体が冷えてきちゃったな」

「早く布団かぶれよ」

「このままだと風邪が悪化しちゃうなあ」

「かぶれって」

「私が死んだらお墓の前で泣いてね」

「早坂さんはずるいなあ！」

　このままだと本当に布団をめくったままにしそうだから、俺は今度こそと決意してベッドに膝をのせる。

「手をつなぐだけだからな」

「うん、手をつなぐだけ。約束する」

　おそるおそる布団に入っていく。早坂さんは嬉しそうな顔をしている。

　俺が横になったところで、早坂さんが布団をかぶせた。

「そんなに体離さなくてもいいのに」

「早坂さん、手だして」

「はい」

　しかし、なかなか布団のなかで早坂さんの手をみつけられない。そうこうしているうちに、なにやらやわらかいものの隙間に俺の手の先が入ってしまう。

「ひゃんっ！」

　早坂さんが甘い声をあげる。

　俺は「ごめん！」と急いで手をひっこめる。指先に残ったのは、張りつめた布と、その下にあったやわらかい感触。多分、太もものあいだに入ってしまったのだ。

「桐島くんって……すごく積極的だね」

早坂さんは照れたような顔で、そんなことをいう。

「ちがうからな、手をつなごうとしただけだから」

「じゃあ、はやくつなごうよ」

「どこに手があるかわからないんだって」

「ここだよ、ここ」

俺は手を探すため、体をずらして早坂さんに近づく。その瞬間だった。

早坂さんは手をつなぐとかそういうものを全部飛び越えて、感情のままにべったりとしがみついてきた。

「手をつなぐだけって約束は⁉」

「そんなの知らない」

くっついてくる早坂さんの体はやわらかくて、熱くて、汗で少し湿っている。

「えへへ、桐島くんのにおいがする」

胸にあたる早坂さんの吐息が俺の肌を熱くする。

「私ね、ずっとこういうことしてみたかったんだ」

表情はしっとりしていて、俺の制服のシャツをつかむ手もなんだか切実だ。

「桐島くんは私と抱き合いたくない？」

「そんなことはないけど」

俺は両手をあげている。

「ここで抱きしめたら、どうにかなってしまいそうなんだ」

「なってもいいよ」

早坂さん、完全にスイッチが入っている。

「橘さんがカラオケにくるってわかったとき、桐島くん、少し嬉しそうだった」

「……ごめん」

「いいよ。だって橘さん、きれいだもん。一番の女の子だし。でもさ、私が勝ってるところもあるんだよ」

「どこ?」

「体」

いいながら、より強く俺にしがみついてくる。

「ちょっと⁉」

早坂さんは太ももで俺の足をはさんでくる。パジャマだから胸には下着をつけてなくて、なのになんの遠慮もなく押しつけてくるから、俺はどうしていいかわからない。

「桐島くんは彼氏だから、私になにをしてもいいんだよ。私、なにされても嬉しいんだよ」

そんな、とんでもないことをいう。

「ふふ。今日の私、全然いい子じゃないね」

そういう早坂さんは少し楽しそうだ。

「でもいいよね。学校でも、家でも、すごくいい子にしてるもん。知ってる？　私がちょっと派手な服を着たり、今みたいなことといったりすると、みんなすごくがっかりするんだよ」

がっかりするどころか、怒りだすやつだっている。イメージが崩れてほしくないから。

「桐島くんの前でくらい、いい子じゃなくてもいいんだよね？」

「………いいよ」

「じゃあ、一緒にわるいことしようよ」

なし崩し的に、俺は早坂さんの体を抱きしめてしまう。

髪のにおい、息づかい、そしてパジャマの布越しに、早坂さんの体を感じる。

一度そうしてしまうと、もう離れたくないと思ってしまう。

早坂さんは俺の背中に手をまわし、さらには足までかけて、全身を押しつけてくる。

「なんだか私、桐島くんのものになったみたい」

「感情に流されすぎだ」

「もっと流されたい」

熱い吐息が胸にあたる。

早坂さんは俺の感触をたしかめるように、強く抱きついたり、弱く抱きついたりする。

「ねえ桐島くん、ちゃんと私の感触覚えててね。一人で寝るときに思いだして、寂しくなってね。

私は桐島くんの感触覚えたよ。これから毎晩、桐島くんがとなりにいなくて寂しさを感じると思う。だってこんなに気持ちいいんだもん」

「……早坂さん、そろそろ」

「もっと、わるいことしたい」

早坂さんは俺を押し倒し、その上にのってくる。胸があたっているのは多分わざとだ。

俺はもう照れないし、恥ずかしさもない。

抱き合ったところで、理性は蒸発してしまった。

他に好きな人がいるのにこういうことをするのはよくないことなのかもしれない。

わるいことなのかもしれない。でも俺たちは自分で選んでこうなっている。

だから、いけるところまでいきたい。

「ねえ桐島くん、私の風邪、うつしたい」

「実はさっきから、うつるんじゃないかと思ってる」

「いや？」

「早坂さんの風邪なら、いやじゃない」

「でもさ、風邪って抱き合ってるだけでうつるのかな？　もっとうつりやすい方法があるんじゃないのかな。頭のいい桐島くんなら知ってるよね？」

早坂さんの浮ついた雰囲気にあてられて、俺は迷わずいってしまう。

「粘膜感染」

「それ、しよ」

「いいのか？」

「いいよ」

こうして俺と早坂さんはキスをした。

早坂さんのくちびるはやわらかくて、熱く湿っている。

口を離したとき、唾液が糸を引いた。

「私、好きかも。粘膜感染。でも、やり方あってる？」

「わからない」

俺だって初めてだ。

「桐島くん、もっとしたい」

流されるままに、何度もキスをする。

「もっと、もっとして、もっと……」

やがて早坂さんの舌が口のなかに入ってくる。

でもすぐに動きが止まる。次にどうしていいかわからない、そんな迷いが伝わってくる。

早坂さんは自分でやっておきながらも恥ずかしいみたいで、誘うような言葉とは裏腹に、体を硬くして強く目をつむっている。

俺は大丈夫だよというように、早坂さんの舌を優しく舐める。すると早坂さんも不器用ながら同じように俺の舌を舐めはじめる。

壁にぶつかってはそれを乗り越え、俺たちはどんどんエスカレートしていく。

まるで空中に足をかけ合って昇っていくみたいだ。

早坂さんの舌を押し戻し、今度は俺が早坂さんの口のなかに入っていく。

早坂さんは息苦しそうだけど、俺を歓迎するように舌を動かす。早坂さんの口は小さくて、熱くて湿っていて、やわらかく圧迫される。

「桐島くん、唾液ちょうだい」

互いの唾液を交換する。

ぴちゃぴちゃと水っぽい音が耳に届く。それで俺たちはまた興奮する。

不健全なことって気持ちいい。

二番目同士で付き合う俺たちは、もっとめちゃくちゃなことがしたい。

人から責められるような、眉をしかめられるようなことがしたい。

最高に不道徳でわるい子になりたい。

突き上げてくる衝動のままに、俺はいつのまにか早坂さんを組み敷いていた。

早坂さんのパジャマは着崩れて、胸元がはだけている。

一瞬みつめ合って、早坂さんが、

「いいよ」

なんていう。

こういうことって多分、女の子にとってもすごく勇気のいることだろうから、俺は前がかりになる気持ちを抑えて、あくまで慎重に、優しく、パジャマのボタンに手をかける。

でも次の瞬間、それでも早坂さんがこわばった表情をしていることに気づく。いいよ、といったものの心の準備ができていないのかもしれない。だから俺は手をとめて、体を離す。

「ごめん、俺ちょっと急ぎすぎたかも。もっと気を使えたらよかったんだけど、俺もそういうのしたことないから……」

ちがうの、と早坂さんは気まずそうな顔をする。

「桐島くんのせいじゃないの。私も、そういう気持ちなの。でも――」

ごめんね、と早坂さんは枕で顔を隠しながら謝る。

「……一番の人の顔、浮かんできちゃったんだ」

◇

「あんまり先に進みすぎるのはよくないよね」

乱れた服をなおしながら、早坂さんがいう。

「だって私たち、他に好きな人いるもんね」

「だな」

あれから俺たちは冷静になり、居住まいを正してベッドの上に座っていた。

俺に橘さんがいるように、早坂さんにも他に一番好きな人がいる。

二番目に好きという感情は尊いものだけど、互いの一番の恋に結論がでるまでは、一線を越えるのはためらわれた。

「二番だからかな」

早坂さんがいう。

「すごく積極的になれちゃうんだ。一番の人が相手だったら、もっといい子にふるまって、なにもできないと思うもん。でもよくないよね、そういうの。桐島くんにもわるいもん」

たしかに二番目ゆえの気安さというのはあるかもしれない。だから。

「ルールを追加したほうがいいな」

俺たちは二番目同士で付き合うと決めたとき、二つのルールをつくった。

その一、俺たちが付き合っていることを互いの一番の相手に知られてはいけない。

その二、どちらか一方が一番と付き合えるようになったときは、二人の関係を解消する。

つまり一番を優先するということ。

一番好きな人と付き合えるのなら、それに越したことはないはずだから。

「どんなルールを追加するの？」

「……キスより先はしない」

「そうだね、そうしたほうがいいね」

俺たちは不健全だけど、互いを安く扱いたいわけじゃない。

「じゃあ、そろそろ帰るよ」

「あ、待って」

帰り支度をしたところで早坂さんがスマホをみせてくる。さっきの、カラオケにいくメンバーのグループメッセージだ。アイコンが一つ増えている。アメリカのコミックヒーロー。

「誰のアイコン？」

「橘さんの彼氏。参加するみたい」

「あ、そう」

同じ学年だから、まあ、そういうこともあるだろう。

「桐島くん、いける？」

このままいくと、橘さんとその彼氏が仲良くしている現場をみることになる。しかし。

「全然へーキ。むしろ大丈夫、楽しみになってきた」

「そんな震えながらいわれてもなあ」

なんだか寒い。視界もゆがんでくる。俺も風邪かな。

「当日解散になったら、誰にもみつからないように合流しようね」

早坂さんが後ろから抱きしめてくれる。

「いっぱい慰めてあげる」

◇

むかえた週末、カラオケにはけっこうな人数が集まった。この企画が野崎くんの恋のためと知るものは少ない。多くの人が、ただの楽しいイベントだと思っている。

昼過ぎ、駅前に集合したのが約二十人。こんなにいて大丈夫なのかと心配したが、牧が手際よく案内し、みなをパーティールームにつめ込んだ。

俺は最初なにも考えずに座ったが、それぞれの配置をみて、牧のとなりに移動する。

「やっぱ早坂は人気あるな」

座りなおしたところで、牧が耳うちしてくる。

「がっつかれてんじゃん」

みれば、早坂さんの両サイドにはしっかりと男たちが陣取っていた。

サークルの姫って感じだ。

「早坂さん、どんな歌うたうの？」

「私服もかわいいね」

「ドリンクバー取ってこようか？」

対面からも話しかけられ、早坂さんは身を小さくしている。

「……えっと、私は、あの、その、えっと、あはは──」

早坂さんはみんなの前だと引っ込み思案で、愛想笑いしかできない。

本当にお人形さんだと思う。でも、そうじゃない早坂さんを俺は知っている。手をつなぎたがる早坂さん、みずから舌を入れてくる早坂さん、もっとして、とせがむ早坂さん。

「あの男ども、精いっぱいオシャレしてきたな」牧がいう。

「たしかに主役の野崎くんより目立ってるな」

「その点、桐島はえらいよ。ちゃんと冴えない格好できてるんだから」

「……あ、うん、そうそう」

普通の格好できたつもりなんだけど。

それにしても、と牧がいう。

「早坂って、マジで天使だよな。あんな下心まるだしの連中にも優しくしてよ」

「意外と本人は迷惑に思ってるかもしれないけどな」

「そうか？　隙だらけで、変な男にひっかからないか俺は心配だよ」

「そうみえるだけだろ」

「あれ、なんかムキになってない？　もしかして早坂のとなりいきたかった？」

「そんなんじゃないって」

「だよな。桐島はあっちだよな」

騒がしい部屋のなか、ひとり涼しい顔でデンモクを操作している女の子がいる。橘さんだ。

肩のでたワンピースをさらっと着こなして、姿勢もいい。

「男どももさすがにあっちにはいかないか」

「いけるわけないだろ」

橘さんは壁際に座っていて、そのとなりには彼氏がいる。歯がキラリと光りそうなほどさわやかな好青年で、家も裕福らしい。体格もそれなりで、メガネもかけていない。

つまり、俺とは全然ちがうタイプ。

「ガードしてるみたいで、なんか腹立つよな」

「いや、彼氏がとなりにいるのは自然なことだろ。うらやましくて死にそうだけど」

なんて会話をしていたら、ふいに橘さんが顔をあげた。

ガラス細工のような瞳と目が合い、俺は思わず顔を伏せる。

「桐島、なに下向いてんだよ。網膜に焼き付けとけよ」

「いいよ。いざとなったらいつでもみれるし」

「彼氏のアカウント経由でだろ」

橘さんの彼氏は、橘さんの画像をSNSに毎日あげる。セキュリティ意識が低い。

「よくみにいくよな。あんなの自慢だろ」

「なんでだろうな。みると胸が苦しくなる。それでも毎日みにいかずにはいられない」

「屈折してんなあ」

しかしあの二人、うまくいってんのかね、と牧はいう。

「知り合いの女子がいってたんだけどさ、このあいだ臨海学校あったろ」

夜、女子の部屋でも恋話がおこなわれたらしい。

そのとき、橘さんは同室の女子に真顔できいたのだという。

「『ドキドキするってどんな感じ?』ってさ」

◇

いざカラオケが始まってみると、なかなか苦しい展開だった。

橘さんを思わずみてしまうのだけど、彼氏に歌ってほしいとリクエストされた曲を歌うし、彼氏が歌っているときは手拍子もしていた。

なんだこれ。

なにが楽しくて好きな女の子のこんな場面をみていなければいけないのか。

橘さんは相変わらず無表情だ。でも、彼氏と二人きりのときは笑うのだろう。

俺はやけになって失恋ソングを歌った。

歌っているとき、橘さんはずっとデンモクを操作していた。

こちらをみないし、手拍子もしない。

みじめだ。歌い終わったら、みんなリアクションに困ったような、微妙な顔をしていた。やっぱり下手だったらしい。そんななか、一人の女の子が遠慮がちに声をあげた。

「わ、私はよかったと思うよ！」

早坂さんだ。

「個性的っていうか、前衛的っていうか。そういう解釈もあるんだって納得した！」

納得しないでほしかった。

それよりも早坂さんが俺をフォローしたことに注目が集まる。

『なんで早坂さんが桐島の肩もつの？』

そんな疑問をみんなが感じたようだった。

早坂さんもそれに気づいて、あわてて両手をふる。

「ちがうの、そういうわけじゃないの。下手なのも一周まわるとそれっぽくきこえるっていいたかっただけ。桐島くんの歌は、たしかにブタの悲鳴みたいだったよ？」

そう、それでいいんだよ早坂さん。

俺たちの関係をみんなに知られてはいけない。でも、ブタの悲鳴はきいたことないだろ。

「桐島、お前はいいやつだよ」

牧が背中を叩いてくる。

「わざと下手に歌ってくれたんだろ？」

「……ああ。これで野崎くんが上手くみえるだろ。そう、全部わざとなんだよ」

しゃべりながらスマホを操作して、早坂さんにメッセージを送る。

『他人のふりでいいからな』

俺と付き合っていることがばれて、早坂さんの一番の相手に伝わったら大変だ。

メッセージに気づいた早坂さんが顔をあげ、指でマルをつくる。

『橘さんもいるしね』と、返信もくる。

ひととおりみんなが歌い終わり、雑談タイムが始まる。

誰がいいだしたのか、初恋の話をしていくことになった。場を盛り上げる鉄板ネタだ。

話のうまい男子が、面白おかしいエピソードトークを披露する。

順番がまわってきて、俺は小学生のころの話をした。

「夏休み、親戚の家に泊まることになったんだ。一週間くらいの滞在で、近所に住んでいる女の子と仲良くなった——」

とてもきれいな女の子で、俺の頭はその子のことでいっぱいになった。

つまり、恋をしたのだ。初恋だ。

連日、公園で一緒に遊んで幸せだった。でもある日、その女の子が他の男の子と仲良く遊んでいるのをみて、俺はなんだか胸が苦しくなって、いってしまった。

「俺以外の男の子とは仲良くしないでほしい」

今ならそれが嫉妬だとわかる。でもそのときは自分のなかに湧きあがった感情の正体がわからず、うまく抑えられなかった。

「嫌だったんだろうな。次の日から女の子は公園にこなくなったよ」

ビターな初恋の失敗談。どうぞ笑ってくださいという感じで、そこそこウケた。

俺は橘さんの様子もうかがうが、無反応で無表情だった。特に感想はないらしい。

一部の女子たちは場を盛り上げるためもあって、冗談まじりに俺をいじる。

「男の嫉妬ってみっともなあい」「やだあ」「きも～い」

まあ、そうだろう、そうだろう。俺もそう思う。

でも、そんな彼女らのいい方をよしとしない女の子もいた。

「…………きもくなんかないよ」

早坂さんだ。

「……私だって、好きな人が他の人と仲良くしてたら嫉妬するもん」

またしても俺をかばってしまったわけだけど、今回は早坂さんの『好きな人が他の人と仲良くしてたら嫉妬するもん』という言葉に注目が集まった。

「早坂さんも好きな人いるの？」

「嫉妬したことある？」

「オレ、早坂さんに嫉妬されたい！」

男たちの質問攻めにあい、早坂さんは目をグルグルとまわす。

「す、す、好きな人？　そ、そういうの、よくわかりません！」

意図せずして清純派アイドルみたいな回答をしている。

「ちょっと男子、がっつきすぎ！」

女子たちが声をあげる。

「これ以上の質問は受けつけませ～ん。マネージャーを通してくださ～い」

なんて男子をひやかしながら、わいわいやりはじめる。

それにしても早坂さん、いつもよりポンコツで少し心配だ。

俺は再度スマホでメッセージを送る。

『俺のことは気にしなくていいから！』

スマホをみた早坂さんが、「マルッ！」と勢いよく指で輪っかをつくる。

こっちに向かってリアクションする時点で絶対わかってない。

そんな感じでこそこそしていると、突然、クラスメートの女子に話しかけられる。

「そういえば、桐島ってミステリー研究部なんでしょ」

俺がずっと黙っているものだから、気を使ってくれたらしい。そして彼女の兄はこの高校の卒業生で、ミス研のOBなのだという。

「今ならその初恋の女の子も口説けるんじゃない？」

「なんで？」

「だって、ミス研にはあるんでしょ？　恋のマニュアル」

「ああ、恋愛ノートのことか」

ミス研にはかつて恋愛をテーマにミステリー小説を書こうとしたOBがいた。

彼はまず、ミステリーの三つの構成要素、ハウ、フー、ホワイに注目した。

どうやって、誰が、なぜ、その犯行をおこなったか。

これを恋愛にあてはめる。

ハウ。どうやって好きにさせるか。

フー。誰を好きか。

ホワイ。なぜ好きか。

彼は恋愛ミステリーを書きたかったわけだが、思春期のなせるわざか、ただ恋愛について研究しただけの奥義書を完成させた。それがミス研に代々伝わる恋愛ノートだ。

「女の子の口説き方も書いてあるんでしょ？」

恋愛ノートの『ハウ』の項目だ。単純接触効果もそこに書かれていた。

「っていうか、うちの兄貴の話だとそれつくった人、ＩＱ１８０の天才らしいよ」

「にわかには信じられないいな」

心理学や行動科学にもとづいた研究もあるが、アホみたいな内容も多い。

「え、なになに？　恋愛のマニュアル本なんてあんの？」

俺たちの話をきいていた別の男子が会話に入ってくる。

「桐島(きりしま)、それ読んでんの？　ウケるんだけど」

俺と恋愛の組み合わせが面白いらしい。ひとしきり話が盛り上がる。

「マニュアル本読むとか、さすがにがんばりすぎだろ」

「ていうか研究してるなら、もうちょいイケメンになってもいいんじゃない？」

「いや、本読んでも顔は変わらんだろ」

けっこういじられる。俺も普段から自分でひょろひょろメガネボーイをネタにしてるから、こうなるのはお約束だ。みんなに悪気はない。

でも、俺をかっこわるいキャラとして扱うこの流れを気に入らない女の子が一人いた。

「………そんなことない」

もちろん、早坂(はやさか)さんだ。どうやら俺のメッセージはまったく伝わってないらしい。

小さくつぶやいたと思った次の瞬間、普段からは考えられないほどの強い口調でいう。

「桐島くんはかっこわるくなんかない！」

スカートのすそをギュッと握りしめている。

しかし、部屋が静まり返ったことに気づき、あわてて取り繕う。

「いや、そうじゃなくて、その、ほら、そこまでいわなくていいっていうか、恋愛について真剣なのって真面目な感じがしていいし、それに桐島くんの外見だって別に普通だし……」

早坂さんはそこで言葉がでてこなくなり、もじもじしたあと、

「私、桐島くんのそういうところ好きだし……」

といった。これは本当によくない。早坂さん、テンパりすぎだ。

当然、部屋中が騒然となる。

「え、今、桐島のこと好きっていった？」

「マジ？　嘘だよね？」

早坂さんが誰を好きかというのは男子たちの最大の関心ごとだ。

『早く否定して』

スマホを使うのももどかしく、俺は目で訴える。早坂さんは勢いよく首を縦にふる。

「えっと、ちがうの。桐島くんを好きっていうのは、キャラ的に好きって意味で……」

早坂さんの言葉に、女子が反応する。

「もう、男子どもほんと群がりすぎ！　好きっていったって恋愛感情ないやつに決まってんでしょ。女優が芸人を好きっていう感じのやつだよね？」

女子のひとりがきいて、早坂さんは「あ、うん。そんな感じ……」とうなずく。

「だよね。桐島って真面目そうなのにノリよくて、芸人っぽいもんね」

「……そうだね……面白いと思う」

「なんかやってもらう？」

「え？」

「あかねちゃん、桐島にやってほしい芸ある？」

「……なにそれ」

早坂さんが真顔になる。うつむいて、目元が暗くて、小声でつぶやきはじめる。

「みんな桐島くんのことさあ、そういう扱いするけどさあ……ホントは私、みんなのことなんてどうでもいいし、桐島くんのほうが……桐島くんだけが……」

なんだか危ない雰囲気で、大変なことをいいだしそうだった。

みんなもいつもとちがう早坂さんの空気を察し、どうしていいかわからないという顔になる。

この場を収拾できるのはもはや俺しかいない。だから――。

「早坂、くれ！」

俺はテンションをぶちあげていう。

「なにかフリをくれ！　俺は今、猛烈にみんなを笑わせたいんだ！」

「え、ええ〜？」

早坂さんが戸惑いの声をあげる。

「き、桐島くん、そんなキャラだっけ？」

「ああ！」

早坂さんはちょっと感情をかけちがえてしまったのだ。俺がいじられてるのをみて、それはただのコミュニケーションなんだけど、早坂さんはイメージを押しつけてくるみんなに不満がたまっていたから、それで俺のためもあって怒ってしまったのだ。

いずれにせよ、俺はこの場を盛り上げてすべてをごまかしてしまおうと思う。

「だから今すぐ最高のフリをくれ！」

「そ、そんなこといわれても――」

早坂さんが目をグルグルまわしはじめる。でも俺のテンションに引っ張られて、表情が明るくなっていて、それでいいと思う。

「なんだっていい！　でも、少しだけ手加減してくれたっていいぞ！」

こっちが本音だ。ちょっとスベるくらいならいいが、無茶振りは困る。

「う〜ん、う〜ん」と、うなる早坂さん。

俺の意図は伝わっているはずだが、早坂さん、想像以上にポンコツだった。

「えっと……じゃあ、ラップ？」

すごいのきたな。

俺からヒップホップの要素感じたこと一度でもあった？

早坂(はやさか)さんは、『え、なにかまずかった？　え？　え？』、とでもいうように、なにもわかっていない顔でおろおろしている。いや、絶対もっと無難なのあったろ。

でも、こうなったらやるしかない。腹はくくった。

「音楽なくてもいいよな！」

空気の悪さを感じていたのだろう、牧(まき)が絶妙にアシストしてくる。

フリースタイルラップか。わかった、それもいいだろう。

俺はみずからマイクを手に取っていう。

「男一匹アカペラ勝負、桐島(きりしま)やります歌います」

ツー、ツー、マイクチェック、マイクチェック、Ａｈ、Ａｈ。

「あの子が好きなのスダマサキ、みたいになれない俺はむだ話、ばかりしてつまらない、男なんて思われるかも胸騒ぎ。そんな恋の苦悶(くもん)、あの子は無言、笑わせるため手に取ったこのマイクロフォン！」

みんなもそこに乗っかってくる。

「メガネラップ！」

「ノリノリかよ〜」

「無駄に上手い！」

部屋全体に楽しい空気が生まれる
みんな早坂さんが俺のことを好きといったことや、かばったことを気にしなくなる。

早坂さんの一番の恋のためにも、これでいい。

俺はダメ押しに、難しい曲をカラオケで入れ、とりあえず下手な歌を歌う。

歌い終わったあとで、みんながきれいにいじってくれればすべて元どおりだ。

すべて自分でやったこと。

でも、歌っているとき、橘さんが視界に入って少し悲しい気持ちになる。

一番好きな女の子の前で、ずっとおどけているのは、ちょっときつい。

橘さんはいつもどおりの無表情でこちらをみている。感情は読み取れないけど、かっこいいと思うはずがない。そろそろ誰か止めてくれないかな。そう、思った。

せめて笑ってくれないだろうか。

いや、そうじゃない。

俺が橘さんから向けられたいのはそういう感情じゃない。

俺が橘さんを想うように、橘さんにも俺のことを想ってほしい。

駅で後ろ姿を探してしまったり、学校の渡り廊下で思わず目で追ってしまったり、夜寝る前に胸が苦しくなったりしてほしい。今いる場所はそういうところからはあまりに遠い。

でもまあ、どうせ橘さん彼氏いるし、なんなら今、その彼氏がとなりにいるし。それにこんな状況で、今さらかっこいいもわるいもあるもんか。

そう割り切って、盛り上げ役に徹しようとしたそのときだった。

誰かが演奏停止ボタンを押した。

早坂さん、またやったな——。

そう思って、新たなフォローの仕方を考えようとする。

でも、演奏停止ボタンを押したのは早坂さんじゃなかった。もっと意外な人物だった。

会話にくわわることもなく、なにごとにも無関心な顔をしていたはずの——。

橘ひかりだった。

◇

「こういうノリはよくないよ」

橘さんがきっぱりいう。

特別な雰囲気をもつ女の子だから、部屋は静まり、みんなが彼女の次の言葉を待つ。

橘さんはもう自分の仕事は終わったとばかりに、メロンソーダに口をつけようとしている。

でも、あまりに誰もしゃべらないものだから、橘さんは最後にひとことだけつけくわえた。

「好きじゃない人もいるから、やめたほうがいいと思う」

橘さんは誰のことかいわず、そのままその話題を流そうとした。

でもみんな心のどこかで感じていたのか、いっせいに早坂さんをみてしまう。

早坂さんは暗い顔で沈み込んでいた。

しまった、と思う。俺はその場をごまかすことに必死で、早坂さんをみていなかった。そして早坂さんは、俺におどけ役がまわってくること自体に納得いってなかったのだ。

「なんか、ゴメン」

早坂さんは視線が集まったのを感じて、取り繕うような表情で、あわてていう。

「ちょっと苦手だったっていうか、なんていうか……」

いつもの愛想笑いを浮かべようとするけど、長くつづかない。また暗い顔に戻ってしまう。

ついには前髪を押さえ、表情を隠した。

「なんか、ダメだ私。風邪がまだなおってないみたい。今日はもう帰るね」

カバンをつかみ、立ち上がって出口のドアノブに手をかける。

「橘さん、ごめんね。気を使わせちゃって」

下を向いたままそれだけいうと、そのまま部屋をとびだしていってしまった。

みな、あぜんとしてしまう。

「なんかさ、早坂さん、今日ずっと桐島の肩もってなかった？」

早坂さんのとなりに座っていた男子がショックを受けた様子でいう。

「まるで桐島のこと、好きみたいな感じじゃなかった？」

「ちがうと思うな」

俺はいう。

「早坂さんは優しいから、ついつい、ああいうことをいってしまうんだよ」

そっか、早坂さんは天使だもんな。

誰かが下げられてたら上げたくなるもんだよな。

男子たちはそれぞれ納得して胸を撫でおろす。

「妹から着信だ」

俺はそんな言い訳をして、部屋をでる。最後にもう一度だけ部屋のなかをふり返る。

橘さんはなにごともなかったような顔で、デンモクをいじっていた。

◇

夕暮れの街、表通りから少し入った路地を早坂さんは歩いていた。

「ごめんね」

追いついてきた俺をみるなり、早坂さんは下を向いてしまう。

「なんか、上手くふるまえなかった」

早坂さんはそこで表情を隠すように前髪を押さえる。

「冗談ってわかってたんだけど、桐島くんが軽く扱われるの、イヤだったの。迷惑だった？」

「全然。俺は嬉しかったよ」

「でも、私を追いかけてきたのは失敗だよ。橘さんからみたら、桐島くんが私のこと好きみたいにみえちゃう」

どうだろうか。そもそも橘さんは俺をみていなかった。それに――。

「本当のことだ。俺は早坂さんが好きだ」

「二番目にね」

「二番目に好きって、それ、かなり好きってことだよ」

「だね」

そこで早坂さんは「あ～あ」と伸びをする。

「私が桐島くんを助けたかったのに、全部、橘さんにやられちゃったな」

「あれは早坂さんを助けたようにみえたけど」

「ううん、あれは桐島くんを助けたんだよ。私にはわかるんだ。嬉しかった？」

「だとしても、橘さんには彼氏がいる」

俺の一番の恋は、今のところ可能性がない。

「それでも桐島くん、橘さんのことすごく好きだよね」

「どうかな」

「カラオケのとき、ずっと橘さんばかりみてた」

「記憶にないな」

「とぼけちゃって。ずっとみてて、それで、どんどん元気なくしてた」

早坂さんは「ふふっ」と笑う。カラオケでの俺の様子が面白かったらしい。

「橘さんが彼氏のコップにストローさしたくらいでへこみすぎだよ。あんなの、なんとも思ってない男子にもやるよ。私だってするもん」

そう、早坂さんもとなりの男子のコップにストローをさしていた。

「それをみて、またへこんだんだ」

「そっかそっか。ちゃんと嫉妬してくれたんだ」

早坂さんはどこか嬉しそうだ。

「助けることはできなかったけど、約束どおり、桐島くんを慰めてあげる」

早坂さんが近づいてくる。でも、ぎりぎりのところで立ち止まって、つま先をみたまま、かかとをとんとん鳴らす。

「なんだか今日はちょっと恥ずかしいな。なんでだろ」

「無理しなくていい」

「ううん。今、桐島くんにしてあげたい。あれ、すごく落ち着くから」

とはいうものの、早坂さんは顔を赤くしたまま動けないでいる。

だから今回は俺のほうから早坂さんを抱きしめた。

「桐島くん」

早坂さんの腕が背中にまわる。たしかに気持ちが落ち着いてくる。とても幸せだ。

なんて思っていたら、早坂さんが目を閉じて顔をあげている。

俺はてっきりハグを想像していたのだけど、早坂さんの考えはちがったらしい。

「メロンソーダの味だね」

キスをしたあと、早坂さんはいった。そして「えへへ」と甘えた顔をしながら、俺の胸に顔を押しつけてくる。

「早坂さん、抱きぐせがついてるな」

「うん、これ、好き」

俺たちはしばらくそうしていた。

「ごめんね、桐島くんが一番じゃなくて」

「いいよ」

俺だってそうなのだ。

◇

数日後のこと。

野崎くんは無事、意中の女の子と付き合うことに成功した。驚くべきことに相手も野崎くんのことが好きだったらしい。

一番同士で結ばれたという事実は、ちょっとした衝撃だった。でも、二人が上手くいった裏返しとして、野崎くんやその女の子に恋をしていた人たちが失恋したことになる。

一番好きな相手と付き合うことが難しいことにかわりはない。

だから俺と早坂さんが二番目同士で付き合っているのは、とても現実的な選択だ。

二番目同士で付き合うことで、結末が次の四つに限定される。

二人とも一番と付き合える。

二人とも一番と付き合えない。

俺だけが一番と付き合える。

早坂さんだけが一番と付き合える。

二人とも一番と付き合えれば幸せだし、二人とも一番と付き合えなかったときは晴れて俺と早坂さんが正式な恋人になるときだから、それも幸せだ。

俺が誰とも付き合えないのは、早坂さんだけが一番と付き合える場合であり、逆に、早坂さんが誰とも付き合えないのは、俺だけが一番と付き合える場合になる。

つまり、俺にとっても早坂さんにとっても、不幸になる結末は四つのうちの一つだけ。その他の三つは幸せになれる。

『失恋確率25％メソッド』

俺はそう名付け、恋愛ノートのつづきに記録することにした。

のるかそるか博打のように告白をして、失恋したら自暴自棄になる。そんなパターンの恋愛に比べて、幸せになる確率が高い。これは画期的な手法だ。

いつかマーフィーの法則みたいに、世界中に広まるにちがいない。

そんなことを考えながら、その日も恋愛ノートに向かっていた。

放課後、旧校舎二階の部室でのことだ。

となりの部屋からピアノの音がきこえてこないなと思っていたら、突然、名前を呼ばれた。

「桐島くん」

誰かと思って顔をあげれば、いつのまにか入り口に女の子が立っていた。

橘さんだ。

あらためてみると本当に色素が薄くて、夏の蜃気楼みたいだ。でも、本物だった。

「えっと――」

橘さんはなにか話そうとして、首をかしげる。

「ごめん、なに話そうとしてたか忘れた」

橘さん、マイペースだな。

「とりあえず座れば？」

「いい。もうピアノの練習始めるから」

「あ、そう」

「こないだのカラオケ」

橘さんが突然いう。少しぶっきらぼうな口調だ。

「歌上手かったね」

「そうかな」

「低音でハモろうとしてたんでしょ？」

もう、そういうことでいい。

「桐島くんあの日、部屋に入ったときは図書委員の女の子のとなりに座ってた。あれ、野崎くんのために場所取りしてたんでしょ？　二人が付き合うことになったってきいて、桐島くんがなにをしてたかわかった」

たしかに野崎くんが好きな子のとなりになるよう気を使った。それを橘さんはみていたらしい。

「そういうこと、するんだね」

「誰かのためになにかをするってけっこういいよ」

「いじられキャラは早坂さんのため？」

「なんのことかな」

「別にいいけどさ」

　カラオケの日のことを話すためにここにきたのだろうか。でも橘さんは立ち去らず、思いだしたように胸ポケットから二つ折りにした紙片を取りだした。

「そうだ。これ、渡そうと思ってたんだ」

　橘さんが紙片を差しだしてくる。受け取るとき、細くて白い指にふれた。少し冷たい。

「なにこれ？」

「開いてみて」

　俺は手渡された紙を開く。そこにはとてもきれいな字で名前が書かれていた。

　入部届。ミステリー研究会。二年六組。橘ひかり。

　俺はあまりのことになにもいえない。そんなことあるか？

「これ、その、どういうことなんだろう？」

「そのままの意味だけど、なにか問題ある？」

　橘さんは視線をそらさない。彼女の美しい瞳の虹彩には有無をいわせない力がある。

「なにも……問題はないな」

俺がいうと、橘さんは「そう」とうなずく。

「明日からよろしく、部長」

どこまでも淡々としている。一体どういうつもりなんだろうか。

「ところで橘さん、この入部届まちがってる」

「そう？」

「ここ、研究会じゃなくて研究部」

「部長、細かいね」

「A型だからな」

第2話　なぜ

早坂さんは紅茶を好んで飲む。両手でカップを持ち、ふうふうと息を吹きかける姿は、さながらふわふわした小動物だ。

学校から少し離れたところに、美味しい紅茶を淹れるカフェがある。昔ながらの落ち着いた雰囲気で、店主の趣味か、本棚やカウンターに文学作品が所狭しとならべられている。

扉を開け、店内に入っていくと、早坂さんが奥の席で幸せそうに紅茶を飲んでいた。

雨が降った翌日、放課後のことだ。

「桐島くん、おつかれ」

早坂さんは俺をみつけ、嬉しそうな顔で手をふった。

向かいの席について、コーヒーを注文する。

「これ、ありがとう」

俺はビニール傘を差しだしていう。

「早坂さんだろ、部室の前に置いてくれたの」

「役に立てた？」

「こんなことしなくてもよかったのに」

「いいの。私、桐島くんの役に立ちたい、そう思ったんだ」

そうでもしないと桐島くん、自分のこと後回しにするもん、という。

「このあいだも私のこと、助けてくれたよね？」

休み時間、早坂さんの体で冗談をいっている男子がいた。エロいとか、遊んでほしいとか、よくあるそういう感じのやつ。あまりに大きな声でいうものだから、早坂さんは少し離れたところで困った顔をしていた。

気づいたら、俺はゴミ箱を蹴っていた。そしたらその男子と言い争いになって、次の休み時間には『桐島は早坂のことが好きだ』といいふらされていた。

「あんなことしたら、私のこと好きって噂されて当然だよ」

「本当のことだ」

「でも橘さんにそう思われたらよくないよ」

「実は、きかれた。早坂さんのこと好きなのかって」

「なんてこたえたの？」

「恋愛感情じゃないってこたえた。嘘だけど、ちょっと苦しかった」

「それでいいんだよ」

早坂さんは優しく笑っていう。

「でも、そっかあ、橘さんと二人でミス研かあ」

早坂さんは手の中で紅茶のカップをもてあそびながらいう。その表情は穏やかだけど、ほんの少しだけ寂しさが混じっているようにもみえる。

「きかせてほしいな、橘さんとの話。ちょっとは仲良くなれた？」

「いいのか？」

橘さんとのことを早坂さんに話すのは少し気が引けた。

でも、早坂さんはほほ笑みながらいう。

「ききたいの。きかせてほしい」

◇

橘さんは毎日、ミス研に顔をだす。

放課後になると、まずとなりの第二音楽室でピアノの練習をする。それがひととおり終わったところで部室にやってきて、海外のミステリー小説を読む。

俺が緊張してしまうせいか、橘さんがそっけないせいか、会話は少ない。

ピアノについて話をしたことがある。

「部長はどの曲が好き？」

「え？」

「きこえてるんでしょ？　私がとなりで弾いてるとき」

「まあ、な」

「どの曲が好き？」

「そうだな……最近、何度も繰り返し弾いてるやつかな」

「リストの『ため息』」

そこで橘さんが小説に戻り、会話は終わる。

ミステリーについて話をしたときもそうだ。

「橘さん、好きなトリックある？」

「アナグラム」

「俺は叙述トリックだ」

「ふうん」

いつもこんな感じだ。しかしその日は珍しく言葉数が多かった。

雨降りしきる放課後のことだ。

「ねえ部長」

橘さんが呼びかけてくる。ソファーセットの向かいに座り、恋愛ノートを広げている。

ミス研ＯＢが作成した、恋のマニュアル本だ。

「ミステリーと恋愛は同じだって書いてあるけど」

「ハウ、フー、ホワイの三要素だな」

どうやって、誰が、なぜ。恋愛ノートではこの考えを軸に、人を好きにさせる方法や、気になるあの子が誰を好きか見抜く方法などが紹介されている。

「でもホワイの項目だけ、なんか少ない」

「恋愛におけるホワイはシンプルに答えのだせるものじゃないからだろう」

なぜその人を好きになったか。

もちろん、顔、性格、優しい、頼りになる、いろいろな答えがあるだろう。

「でも、優しいから好きになったといっても、他の誰かから同じように優しくされたとして、その誰かを好きになるかといわれたら、そうじゃない」

好きになった人が、優しかっただけ。

「ミステリーだとホワイはしっかり描かれるけど」

橘さんはいう。なぜ犯行をおかしたか。動機があって、犯行がある。

「でも、恋愛はちがうというのね」

そのとおり。

「恋をするのに理由はいらない」

「ふうん」

「それに、『なぜ』ってたずねることは野暮なんだと思う。恋愛だけじゃなく、なにごとにおいても」

　でも俺は今、猛烈にたずねたい。

　正面で、涼しい顔をしている橘さんに『なぜ』とたずねたい。

　なぜ、ミス研に入部したのか。

　放課後、俺と二人きりで平気なのか。彼氏はなにもいわないのか。

　でも、この繊細な時間を壊したくなくて、結局、俺はなにもいえない。

「好きって感情が先で、理由はあとから」

　橘さんが復習するように繰り返す。

「相手が優しいから、かっこいいから好きになるわけじゃない。好きになった相手が優しかった、かっこよかった」

「そういうこと」

「じゃあさ、好きになるってどんな感じ？」

　橘さんが真顔できいてくる。

「どうなったら好きっていえる？」

「それは……」

　まるで人を好きになったことがないみたいな口ぶりだ。

　俺が考えているうちに、橘さんが身をのりだしてくる。思わず襟元の隙間からみえる白いインナーに目がいきそうになる。でも、それよりも先に橘さんはとんでもないことをいう。

「部長の、早坂さんへの気持ちを教えてくれるだけでいいんだけど」

「え？」

「早坂さんのこと、好きなんでしょ」

時が止まった。

「な、なんのことかな？」

「みんな、そういってた。昼休み」

「──ああ、あれか」

二番目の関係がばれたのではないらしい。それなら全然問題ない。

「部長は早坂さんを助けるためにゴミ箱を蹴った」

橘さんはいう。

「あれ、優しさってやつだよね」

「優しさと恋愛感情は別物だ」

「じゃあ、部長は早坂さんに恋してないの？」

「……そうだな」

「でも恋したことはあるんでしょ」

「それなりに」

「だったら教えてほしい」

橘さんがさらに詰めよってくる。前に垂れる髪がきれいだ。

「人を好きになるってどんな感じ？　どんな感じになったら好きっていえる？」

橘さんの言動は、やはり恋をしたことのない女の子のそれだった。

俺は戸惑いながらこたえる。

「ありきたりだけど、胸がドキドキしたりとか、そういう感じじゃないかな」

「そう」

橘さんは考え込むように目をふせる。

「もしかして橘さん、ドキドキしたことない？」

「あまり意識したことないけど、でもまあ、そうかも」

しかし彼氏はいる。どういうことなんだろうか。俺がこらえきれずそのことをたずねようとしたとき、橘さんが恋愛ノートを開いてコーヒーテーブルの上に置いた。

「部長、これやろうよ」

それは恋愛ノートのハウの項目。

どうやって相手を好きにさせるか。つまり、口説く方法について書かれているページだ。

『胸をドキドキさせる方法百選』

作者のＩＱが１８０だったという情報がにわかに信じられなくなるネーミング、内容も少女漫画にありがちなものばかりで、壁ドン、足ドン、ネクくいなんかが紹介されている。

やろうよといわれても、ちょっと困る。恥ずかしいし、足ドンなんかは強気なイケメンキャラがやるやつだから、俺のカラーじゃない。

「私、ドキドキしてみたい」

「そういわれてもな……」

おそらく橘さんは恋をしたことがない。

となれば、あの彼氏は名ばかり彼氏の可能性がある。でも名ばかりとはいえ、世間の価値観でいえば、彼氏がいる女の子とこういうことはするべきじゃない。だから――。

「今日はもう帰ろう。外は雨が降ってるし」

「そう」

橘さんはあっさり立ち上がり、帰り支度を始める。

「なんか、迷惑なお願いしちゃったみたい」

「迷惑ではないが……」

「部長、困った顔してた」

私のせいだね、なんていう。

「もう頼まないよ」

寂しげな表情のまま、部室をでていこうとする。

まるで俺が傷つけたみたいで、胸が痛い。

こうなったら仕方がない、それもいいだろう。俺は両手で自分の頬を叩く。

スイッチが入って気分はイケメン、ドラマの主人公。

俺はポケットに手をつっ込み、壁を蹴っていた。

「ちょ、待てよ！」

橘さんのゆくてを足でふさぐ格好。

「あはっ」

橘さんが表情を崩して笑う。初めてみる明るい表情だ。

「これ、あれだよね。足ドン！」

ヒロインが立ち去ろうとするとき、オラオラなキャラが強引に止めるやつ。足を高く上げ、口調も仕草も乱暴にすることがポイントだ。恋愛ノートにそう書いてあった。

「部長ノリノリじゃん」

「まあ、小雨になるまで待ったほうがいいしな」

「ドキドキさせてくれるんだね」

「ちょっとだけだからな」

彼氏がいるからなんだ。世間の常識は二番目同士で付き合うと決めたときに捨てた。それに、世間って「あなた」でしょ、みたいなことを太宰治も書いていた。

俺はいつもありもしない世間のイメージを勝手に意識して、そこに自分をあてはめて、がんじがらめになっている。だから、恋愛くらいはオリジナルでいく。

「じゃあ、やるか」

「うん、やってみよう」

そういう流れになった。

◇

まずはあらためて基本の壁ドンをすることになった。

橘さんを壁の前に立たせる。俺の身長は百七十センチとちょっと、橘さんが百六十センチくらい。少しみおろす感じになる。

「ドキドキさせる方法だけど、相手によると思う。つまり、俺じゃダメでも、他の人ならドキドキできるかもしれない」

「逆に、部長でしかドキドキできないかもしれない。そういうことでしょ？」

橘さん、なんてことをいうんだ。そうなったらすごく素敵だ。

「あと、今からやるのは少女漫画でよく使われてるやつばかりだ。個人的にはこんなのでドキドキする女の子はいないんじゃないかと思う」

「いたとしたら？」

「チョロい女の子かもしれない」

「そう」

「じゃあ、いくぞ」

　橘（たちばな）さんの顔の横の壁に向かって手をつく。でも、ぺちんと音がするだけで、なんだか間抜けな感じになってしまう。橘（たちばな）さんも首をかしげる。

「なんか、味気ない。さっきの足ドンとなにかちがう」

　橘（たちばな）さんは、しばし考え込む。

「セリフがない。部長、なにかいいながらやってよ」

「さっきは勢いでできたけど、あれ、けっこう恥ずかしいんだよ」

「照れるのは私のほうでしょ」

　絶対に照れなそうな橘（たちばな）さんがいう。

「わかった。照れずにいくから、笑うなよ」

「もちろん」

　もう一度。

　勢いをつけて壁にドンと手を叩（たた）きつける。そして、いった。

「俺だけをみてろ」

恥ずかしさは捨てた。

橘さんは感情の薄い表情のまま「うん」とうなずく。

「肘ドンもやろう」

どうやら合格だったらしい。

「セリフ、毎回変えてみて。ちょっと強引なくらいがいい」

「わかった」

橘さん、けっこう凝り性だ。芸術家肌なのかもしれない。

「じゃあいくぞ」

今度は肘を壁に押しつける。壁ドンの応用、いわゆる肘ドンだ。手をつくよりも距離が近い。

橘さんにおおいかぶさる格好になって、俺はいう。

「今夜は帰さないからな」

橘さんは俺の目をみたまま動かない。至近距離でみる橘さんはガラス細工のように繊細で、現実感のない美しさがあった。

「ドキドキできたか？」

「……そうね」

橘さんはいいながら、突然、俺の首元のネクタイを引っ張った。顔がもっと近づいて、額と額がふれそうになる。長いまつげと、冷たそうな白い頬、すべてがきれいだ。

「……ねえ、ドキドキする？」

橘さんがきく。

ドキドキしてる。でも、こんなことされなくても、ずっとドキドキしてる。だって、橘さんは俺が一番好きな人だから。

「……橘さん、これは『ネクくい』だな」

「そう。ノートに書いてあった」

女の子が男子のネクタイをつかんで引っ張り、顔を近づけてドキドキさせるというもの。

「橘さんもなかなかノリがいいな」

「どんどんやろうよ」

ということで、俺たちは恋愛ノートに書かれた手法を次々に実践していった。

床ドン、椅子クル、その他もろもろ。

片耳どうしでつながって音楽を聴く、片耳イヤホンもやった。

肌と肌がふれ合うようなことはしなかった。

橘さんが男にさわらないのは有名な話だ。机と机のあいだで誰かとすれちがうときは細い体をさらに縦にしてあたらないようにするし、男性教師に肩に手をおかれそうになるとシャーペンの先をあてて牽制する。

でも、ひとしきりドキドキさせる方法を試し、俺がつかれてソファーで休んでいると、橘さんがとなりにやってきていった。

「最後に肩ズンやろうよ」

肩ズンとは、男が女の人の肩に頭をあずけるシチュエーションだ。ここで男が弱音を吐いて甘えるのがエモいらしい。

「いいのか？」

「いいよ」

俺は浅く座りなおして、橘さんの肩に頭をあずけてもたれかかった。

橘さんの華奢な体を感じる。なにか気の利いたセリフをいいたいけど、俺はなにもいえない。

窓の外から雨音がきこえてきて、しっとりした気持ちになる。

ふいに、橘さんが反対側の手で、俺の頭にふれた。観察するような、骨格をたしかめるような、そんなさわり方だった。

「橘さん？」

俺は橘さんがそうする意味を知りたくて、思わずきいてしまう。

でも緊張しているのは俺だけで、橘さんはとてもフラットだった。

「どうかした？」

きょとんとした顔で、きき返してくる。

橘さんは本当に、ただ純粋な興味からこういうことをしているようだった。

「……そろそろ帰ろうか」

俺はいう。

「そうだね」

どちらともなく体を離し、部活は終わった。帰り支度をして部室をでる。

扉を開けたところで、カタン、となにかが倒れた。

ビニール傘だった。

さっきまで、そこに誰かがいた気配が残っている。

「橘(たちばな)さん、傘持ってる？」

俺はビニール傘を拾いあげていう。

橘(たちばな)さんは自分のカバンのなかをのぞき、少し間を開けてからいう。

「──持ってない」

◇

「傘、役に立ってよかった」

早坂(はやさか)さんはテーブルの下に置いたビニール傘に目をやりながらいう。カフェに入ってきてすぐ、俺が返したものだ。

「二人で一本の傘を使ったんでしょ？」

「ああ」

なぜだろうか。

俺は橘さんとのあいだに起きたことの半分も早坂さんに話せなかった。

雨の日に一緒に部室で本を読んで、少しおしゃべりをして、早坂さんが扉の前に置いた傘を使って二人で帰ったとだけ話した。壁ドンや肩ズンをしたことは、なにもいわなかった。

俺が橘さんと仲良くすると、早坂さんが傷つくかもしれない。そう考えてるのだとしたら、俺はうぬぼれている。

「相合い傘したんでしょ？　どうだった？」

「ちょっと気まずい感じだったな。互いに肩がふれないようにして帰ったよ」

「そっかあ……」

「傘を置くなんて、そんなことしなくてよかったのに……」

一番相手にアシストするのはつらいかもしれない。

カラオケのとき、早坂さんはそういっていた。

「いいの。私、桐島くんに助けられてばっかりだったから、今度は私が助けたかったの」

ところでさ、と早坂さんはいう。

「桐島くん、橘さんの彼氏のＳＮＳまだみてる？」

「まあ、習慣だから」

俺のこの変なクセは早坂さんにも知られている。自分でいったわけではない。

付き合うきっかけが、それだった。


今から二か月前の五月、早坂さんと会話もしたことがなかったころだ。

駅のホームでスマホを落とした。それをたまたま近くにいた早坂さんが拾って、手渡してくれた。そのとき、橘さんの画像が表示されているSNSの画面をみられてしまった。

「桐島くん、橘さんのこと好きだよね」

そう、いわれた。

早坂さんは俺がいつも橘さんを目で追っていることに気づいていたらしい。

「ちなみに二番目は早坂さんだから」

俺は好きな人をいいあてられた照れ隠しに、そういった。

「でも、なんで俺の目線なんか追ってたんだ？」

俺がきくと、早坂さんは顔を赤くしながら、ごまかすように冗談めかしてこたえた。

「私も桐島くんのこと好きだから」

そして指を二本立てた。

「二番目に」

こうして俺たちは二番目同士で付き合うことになった。

そんなことを思いかえしていると、カフェの店員さんが俺のカップが空になっていることに気づき、とても上品な視線を送ってくる。俺はまた同じコーヒーを注文する。

「当分、橘さんの彼氏のSNSはみないほうがいいよ」

注文がすんだあと、早坂さんはテーブルの上に置かれた俺のスマホをみながらいう。

「どうして?」

「だって、橘さんと彼氏が仲良くしてる画像みたらへこむでしょ?」

「それでいつも苦しくなる」

「健康にわるいよ」

「でも、苦しくなればなるほど、橘さんへの感情をリアルに感じることができるんだ」

「桐島くん、屈折しすぎ」

「だな」

いいながら、俺はスマホを手に取る。

「ありがとう早坂さん。でも大丈夫」

なにが起きたかは、なんとなくわかっている。

SNSのページを開く。

橘さんの彼氏が、橘さんに壁ドンや肘ドンをしている自撮り画像があがっていた。

『ドキドキしたい』

橘さんはそういっていた。つまり、俺で練習して、彼氏で実践したということ。

彼氏でドキドキしたい、っていうのは自然な流れだ。

「桐島くん、大丈夫？」

「平気だ。むしろ面白くなってきた」

「コーヒー口からこぼしながらいわれてもなあ」

早坂さんがつま先で俺のローファーをつついてくる。

「正直にいっていい？」

「いいよ」

「橘さんのことで落ち込んでるときの桐島くん、すごく好き」

「それ、早坂さんもけっこう屈折してるだろ」

「うん、そうなんだ。桐島くんの恋を応援したい私もいるんだけど、やっぱり橘さんに嫉妬しちゃう私もいて。だから桐島くんがへこんでると、ちょっと嬉しい」

一番の恋、ちゃんと応援してるんだよ、と早坂さんはいう。

「でもね、このＳＮＳをみたとき、ちょっと安心しちゃった。私まだ桐島くんの彼女でいていいんだ、って」

「俺と橘さんは今のところなにも起きなそうだよ」

「脈ない感じ？」

「ああ。橘さんは俺じゃドキドキしない」

「よかった、なんて思ってごめんね」

早坂さんはそこで前髪を押さえる。

「私、なんだかいやな女の子みたいだね」

「いいんだよそれで」

俺たちはそういう関係だ。互いにちゃんと好きだから、相手の恋を応援する気持ちもあれば、自分のところから去ってほしくないという気持ちもあって、その二つが両立してしまう。

「そんなことより、週末の予定を考えよう」

「うん」

それがこのカフェに集まった目的だった。

静かな店内、コーヒーが注がれる音をききながら、週末どうしようかと二人で相談する。

そして予定が合うのが土曜の午前中だけだったから、そこで一緒にでかけることにする。

あくまで午前中だけ。

午後は、早坂さんが一番の相手と会う約束があるからだ。

「桐島くん、いやじゃない？」

「なにが？」

「だって、桐島くんと遊ぶのを切り上げて、そっちにいっちゃうわけだし」

「いいよ。一番優先で」

「桐島くん、あんまり嫉妬しないね。私は嫉妬しちゃうのに」

なんでだろ、と早坂さんは首をかしげる。

「私が橘さんを知ってるからかな？　桐島くんは私の一番の相手、知らないもんね」

「まあ、そういうところはあるだろうな」

他校だから顔を合わせることもない。

「でも桐島くんも、ちょっとくらい嫉妬してくれてもいいんだよ」

「次はとびきり困った顔をするよ」

「えへへ、よろしく」

週末の予定を立てると俺たちは店を出て、手をつないで帰る。

早坂さんはいろいろな握り方をして、手の感触を楽しんでいた。

「私、桐島くんにさわるの好き」

「それにしてもくっつきすぎだ」

「そんなことないよ。これでもすごく遠慮してるもん」

「遠慮しなかったら？」

「こんな感じ」

それは手をつないでいるというより、ほぼ抱きついていた。

「早坂さん、これはよくない。いくら学校から離れてるとはいえ――」

「ねえ桐島くん、今度また家にきてよ」

「きいてる？」

「いっぱいさわると、どんどん仲良くなれる気がするんだ」

「スキンシップをすることで争いをなくすチンパンジーもいるけど……」

「へえ」

早坂さんが目を輝かせる。余計なことをいってしまった。

「じゃあ、私たちもいっぱいスキンシップしようね！」

顔を押しつけて甘えてくる早坂さんを引きずるようにして帰る。

日は暮れていて、夏の夜の香りがした。なぜか胸が高鳴る。夏の夜には花火大会や夏祭りがおこなわれるから、無意識になにかしら楽しいことを期待しているのかもしれない。

それにしても、と俺は思う。

早坂さんは無条件に俺を信頼してくれる。

それなのに、俺は早坂さんとの会話のなかで二つの嘘をついた。

一つめは早坂さんの一番の相手を知らないといったこと。

実は顔見知りで、しかもけっこう仲がいい。

もう一つは――。

『橘さんは俺じゃドキドキしない』

俺はそういった。

でも、雨の日の話にはつづきがある。

橘さんは多分、俺でドキドキする。

◇

「橘さん、傘持ってる？」

「――持ってない」

雨音が響く廊下で少しのあいだみつめ合ったのち、俺はいった。

「駅まで、一緒に帰るか？」

橘さんは静かにうなずく。

俺たちは当たり前みたいにビニール傘を分け合って歩いた。橘さんがあまりにも落ち着いているものだから、俺もその状況がとても自然なことのように思えた。

「傘、そんなにこっちにやらなくてもいいよ」

橘さんが傘のはしを指で持ちあげる。

「部長、肩濡れてる」

傘のなかに二人がおさまるよう、橘さんが真ん中に寄ってくる。

歩くたびに肩と肩がぶつかる。

橘さんは本当に恋をしたことがない女の子なんだろう。だからこうやって肩と肩があたっても平然としている。その意味を知らないし、その先のことを考えていない。

でも今、興味をもって、ドキドキしようと学びはじめた。

俺なんかよりずっと感性が鋭そうだし、すぐに様々なことがわかるだろう。そうなったとき、橘さんはどんな女の子になるのだろうか。

「今日、いろいろやったよね」

「やったな。壁ドンに肘ドン、あとネクくいもか」

「部長、最初にいってた。ああいうのでドキドキするのはチョロい女だって」

「さすがにな」

となりにいる橘さんからは爽やかな香りがする。

一方、俺は汗をかいている。一つの傘に入っているからそれが気になって、少し体を離そうとする。しかしそれよりも早く、橘さんが俺のシャツの袖をつまんだ。

「濡れるよ」

「あ、ああ……」

離れないで、といわれたような気がして、ずっとその距離感で歩いた。

肩がぶつかるだけじゃない。俺の腕に橘さんのシャツの袖があたったり、長い髪がふれたりする。俺の意識はそこに集中する。橘さんはいつもどおり平然としていた。

駅に到着し、帰る方向が反対だからと、改札を入ったところで別れる。

「じゃあね」

橘さんは手をふってくれた。溌溂とした動きで、表情も明るい。

普段笑わない女の子の笑顔ってすごくいい。

そのままホームにおりていくかと思いきや、橘さんは最後にふり返った。

「部長、あのさあ」

「なに？」

橘さんは、はにかむような表情を浮かべていう。

「私、けっこうチョロい女かもしれない」

◇

「俺は心配しちまったぜ」

生徒会長の牧がいう。

昼休み、俺が部室で期末テストに向けて勉強していたところにやってきたのだ。

「桐島がヘコんでんじゃねえかってよ」

「なんで俺がヘコむんだよ」

「橘の彼氏のＳＮＳだよ」

「ああ、あれか」

「意外と平気そうだな。他のやつらはくたばってるのに」

俺以外にもあのＳＮＳアカウントをみている人間はけっこういる。

橘さんの彼氏があげた壁ドン画像は、そんな多くの橘ファンに大ダメージを与えた。今、校舎のいたるところには彼らの精神的な死体が転がっている。

「あれだけ仲良さそうなところみせられたらな」

「でもあいつらってけっこうタフでさ、まだ希望はあるって信じてるんだぜ」

「どこに希望があるんだよ？」

「橘って、男子にさわられるの嫌いだろ。そんで、まだ彼氏にもさわらせてないっぽいぜ」

今日も彼氏が廊下で呼び止めようと手を伸ばしたところ、華麗に身をひねってかわす橘さんを大勢の人が目撃したらしい。

「でも彼氏ってだけで、かなり先をいってるだろ」

そんな話をしていると、廊下から足音が近づいてくる。

扉が開いて入ってきたのは、橘さんだった。手には勉強道具を抱えている。橘さんも最近、昼休みになるとミス研の部室にやってきて勉強をする。

「邪魔者は退散させてもらうぜ」

牧は入れ替わるようにして部室をでていった。橘さんと二人きりになる。

「なんの話してたの？」

「たいしたことじゃない」

「そう」

橘さんはソファーに座り、教科書とノートを広げる。勉強しないとまずいらしい。

音楽や美術はパーフェクトで、語学はそこそこ。しかし世界史、数学、化学といった、いわゆる勉強らしい勉強の科目にはめっぽう弱かった。

いつも涼しい顔をしているからなんでも器用にこなしているのかと思っていたら、涼しい顔であまりよろしくない点をとっていた。

きっちり全教科平均点以上をとる早坂さんとは対照的だ。

「部長、なんの科目やってるの？」

「数学。橘さんは？」

「世界史やる」

橘さんはそういうと、資料集を開いて読みはじめた。しかしすぐに、うつらうつらとしはじめる。勉強は退屈らしい。そして姿勢よく座ったまま寝てしまった。

長いまつげ、薄いまぶた、しわ一つない制服のスカート。眠っていても様になる。

でも、どれだけみていても、心のうちはわからない。

俺はスマホをいじって、もう一度、橘さんの彼氏のＳＮＳをみる。

壁ドン、肘ドン、いろいろな画像がアップされている。

しかし、何度みても肩ズンはない。

俺の心のなかに様々な『なぜ』が浮かんでくる。

彼氏にさわられた画像がないのはなぜ？

俺にさわられても平気なのはなぜ？

部室の前でカバンを開けたとき、なかに折り畳み傘が入っていたのに、持ってないといったのはなぜ？

でも結局、なにもきくことはできなくて、俺はただ橘さんの寝顔を眺めていた。

第3話　好きなんじゃないの？

「変じゃないかな？」

待ち合わせにやってきた早坂さんが恥ずかしそうにいう。

水色のシャツに膝丈の白のスカート。いかにも大切に育てられましたって雰囲気の格好だ。

俺は思わずみとれてしまう。

「ちょっと、なにかいってよ桐島くん」

「…………かわいい、と思う。ごく控えめに表現して」

「よかったあ」といって、早坂さんは胸を撫でおろす。

土曜日、午前中のことだ。

一緒に買い物をしよう、というのが今日のデートのコンセプトだった。

少し性格の悪いことだけれど、早坂さんと一緒に歩くのは気分が良い。すれちがう人が、二度見する。そんな女の子が自分の彼女なのはとても誇らしい。

「でこぼこだな」「最近多いよ」「女の子の男の趣味って、一人一派だから」

などという声がきこえてきたが、まあ、空耳だろう。

「じゃあ、いこうか」

俺たちは駅ビルのなかへと入っていく。

「桐島くん、平気なんだね」

レディースファッションの店をひととおりまわったあとで、早坂さんがいう。

「男の子ってこういうところ苦手だと思ってた。もしかして慣れてる？」

「いや全然、むしろ初めて」

女の子の買い物に付き合って、緊張してしまう男の気持ちはよくわかる。おしゃれな空間で、店員のお姉さんも華やかで、自分が場違いに感じられてしまうのだ。

「でも俺は開き直ってるからな。ダサいものはダサい、かっこつけてもしょうがない」

「強い、のかな？」

早坂さんは首を横にふる。

「ううん、桐島くんはもっとかっこよくなれるよ」

俺の袖をつまんで生活雑貨の店へとつれていく。

「こういうの、使ってみたらいいと思うんだ」

早坂さんが棚から取ったのは整髪料だった。見本品を手につけて、俺の髪をかきあげたり横に流してみたりする。鏡をみれば、髪の整った俺がいた。当然か。

「明日から使ってみるよ」

「でも、かっこよくなりすぎちゃだめだよ」

「なんで？」

「桐島くんが人気でたら、不安になっちゃうもん」

そのとおりだから仕方ないんだけど、早坂さん、素直すぎるだろ。

それから早坂さんは同じ雑貨店でエプロンを買った。最近、料理の練習を始めたらしい。

「桐島くんはなにか好きなものある？」

「茄子の煮びたし」

「がんばるね！」

腕をグッとする早坂さん。千点満点の恋人だ。それからも俺たちはいろいろと店をまわった。

アクセサリー店の前を通りかかったとき、突然、早坂さんが俺の袖を引っ張る。

「ちょっと桐島くん」

「今、女の人みてたでしょ」

「なんのことかわからないな」

みてた。とてもスタイルのいい、思わず胸元に目がいく店員さんがいた。しかし。

「まったく心当たりはないけど、やはり人間といっても動物だからな。動くものに自然と視線が誘導されてしまうことはあるかもしれない」

「桐島くんが理屈こねるときって、だいたい逃げようとしてるときなんだよね」

「逃げるもなにも俺は潔白だ。恋愛裁判をしたら無罪になる」

「ホントかなあ！」

早坂さんはいいながら俺の腕を抱え込む。「胸なら私だって」と主張してるみたいだ。そしていつものごとく自分でやっておきながら、自分で赤くなっている。

夢のように楽しい時間だった。

しかし、早坂さんが腕時計を気にしているのをみて現実に引き戻される。

「時間大丈夫？」

先回りして俺がきくと、早坂さんは「ごめんね」といいながら、すっと体を離す。

デートは午前中まで。そのあと、早坂さんは一番の相手と遊ぶ。

「あと一時間くらい」

「どこかでコーヒーでも飲もうか」

そういうことになり、フロアを歩いていたときだった。

書店から女の子がでてきて、俺たちの前を横切る。その女の子は、一度は通り過ぎたあと、気がついたように足を止め、こちらをふり返った。

「部長じゃん」

橘さんだった。

半袖のブラウスにショートパンツ、いつもの静かな感じとはうってかわって、夏の少年って感じがする。でも短い丈のズボンから伸びる足は白くしなやかで、ほとんど肩までみせている腕も完全に女の子のそれだから、俺は妙にドキドキしてしまう。

そんな橘さんは、俺と早坂さんの顔を交互にみて首をかしげた。

「ち、ちがうよ！」

早坂さんがあわてて否定する。

「偶然、会っただけ。それで、一緒に買い物したの」

「そうなの？」

橘さんが俺をみる。

「整髪料、買いにきたんだ。あんまり詳しくないから、相談乗ってもらった」

俺は買い物袋をアピールする。

「私はエプロンと、ジェルネイル！」

早坂さんも同じことをするけど、目が泳いでいる。演技が下手だ。

「ふうん」

橘さんは早坂さんの買い物袋をのぞき込む。

「かわいい柄だね」

橘さんの顔が近いものだから、早坂さんが顔を赤くする。橘さんは同性すら照れさせるタイプの女の子だ。

「あ、あのさ、橘さん。せっかくだから、三人でお茶しない？」

早坂さんがいう。

「いいの？」

橘さんがきく相手は俺だった。

「邪魔なんじゃないの？」

そうたずねる橘さんの向こうで、早坂さんが不器用な笑顔で指を二本立てている。

『私、二番目の彼女でいいから』

そんなメッセージ。

二人きりのデートだったのに、こんなことをさせて申し訳ない。

でも逆の立場だったら、俺だってそうしたと思う。

こうして三人でお茶をすることになり、駅ビルの最上階にあるコーヒーショップに入る。

俺は普通のコーヒー、早坂さんは紅茶、橘さんは甘そうな名前の飲み物にくわえ、店員さんに頼んでいろいろとトッピングをしてもらっていた。

丸いテーブルを三人で囲む。

「橘さんは書店でなに買ったの？」

早坂さんがたずねる。橘さんとはそれほど仲良くないはずだけど、こうやってちゃんと話をするから人当たりがいい。

「楽譜と、あとミステリー。部活で読むから」

「そっか。橘さん、ミス研入ったんだもんね」

「なんで早坂さんが知ってるの？」

「え？」

「ミス研に入ったこと、私は誰にもいってない」

いわれて、早坂さんは「えっと、それは——」と目をぐるぐるまわしはじめる。

部長と仲いいんだね、まあいいけど、と橘さんは話題をさっき買った本に戻す。

「ホントは電子書籍派なんだけど、それだと部長が読めないから最近は紙で買ってる」

そういえば橘さん、読み終わると本棚に置いていく。あれは俺への気づかいだったらしい。

「タブレットを貸すのじゃだめなの？」

なんとか落ち着きを取り戻した早坂さんがきくと、「恥ずかしい」と橘さんは横を向いた。

「他の本みられちゃうし。少女漫画とかあるし」

「橘さん、少女漫画読むの？」

「恋愛に興味でてきたから」

今ごろ？　と、つっ込みたそうな顔の早坂さん。

「それで、読んでいるうちにいろいろとわかってきたんだけど」

少女漫画で一体なにを学んだのかききたいところだけど、その前に橘さんがとんでもないことを口にした。

「早坂さん、部長のこと好きだよね」

「どぇっ？」

紅茶を吹きだしそうになる早坂さん。動揺して、手に持ったカップがカタカタとゆれる。

「な、な、な、なんで？」

「なんとなく。そんな気がした」

「ちがうよ、橘さんの勘違いだよ」

「そう、ちがうんだ。私の勘ってけっこう当たるんだけど」

じゃあさ、と橘さんはいう。

「こういうことされても、平気？」

突然、橘さんが俺の手を握ってくる。

早坂さんは固まってしまい、リアクションを返せない。俺だって驚く。

「橘さん、こういうことは――」

「部長は黙っててよ」

橘さんはさらに恋人つなぎをしたり、しおらしい感じで腕をかかえたりする。その位置がさっき早坂さんの抱きついてきたところと完全一致していて、当て勘がすごい。

「……別に好きじゃないから、全然平気だよ」

早坂さんの笑顔は引きつっている。

早坂さん、そんな顔をしてはいけない。橘さんは恋愛に興味をもちたての女の子、いわば恋愛キッズであり、俺たちを観察して学ぼうとしているだけなのだ。

「私、ちゃんと他に好きな人いるから」

早坂さんが肩を震わせながらいう。すると、橘さんの瞳が好奇心に輝いた。

橘さんのようなクールな人でも、恋話でテンションは上がるらしい。

「どんな人？」

「えっと、一つ上の先輩」

「年上？　なんか、すごいね」

橘さんが驚いている。年上は意識の外だったらしい。

「みためはどんな感じ？」

「みため？　背が高くて、細いんだけどスポーツしてるから意外とがっしりしてて、顔は、なんていうんだろ、凜々しい感じかな」

「性格は？」

「頼りがいがあって、みんなを引っ張ってくれる」

「部長とは全然ちがうね」

「うん、桐島くんとは全然ちがうの」

この二人、けっこう容赦ないな。

「早坂さんは、その人といるとドキドキする？」

「そうだね、緊張する。でもドキドキするっていうより、ぼーっとみつめちゃう感じ。憧れてるんだ」

「ふうん、そういう好きもあるんだね」

それから俺たちは教室でするような話を小一時間ほどした。テストがどうだとか、生徒指導の先生が恐いだとか、おすすめの動画があるだとか。

会話のなかでわかったことだけど、俺と橘さんには共通する趣味があった。深夜ラジオが好きで、冬のオリンピックでは必ずカーリングをチェックする。そういうマイナーな趣味が一致するのって、けっこう嬉しい。

「じゃあ私、そろそろいくね」

腕時計をみて、早坂さんが立ち上がる。

そして、いうかどうか迷ってから、橘さんに向かっていった。

「今から、その人と遊ぶんだ」

「え？　すごいね」

「ううん、全然すごくないの。だって大勢で遊ぶんだもん」

「でも、上手くいくといいね」

「ありがと」

去り際、早坂さんは俺に向かって謝った。

「あわただしくてごめんね」

午前中でデートを終わらせて、一番のところにいくことを申し訳なく思っているのだ。

だから俺は指を二本立てる。

『俺、二番目の彼氏でいいから』

そんなメッセージ。

結果、俺と橘さんがあとに残されることになった。

「部長、元気ないね」

「そんなことない」

「早坂さんが好きな人に会いにいったからでしょ？」

まだ俺が早坂さんに恋愛感情をもっていると思っているらしい。まあ、そうなのだけど。

「ここだけの話だけど」

前置きしてから俺はいう。

「早坂さんの好きな人はね、俺の中学のときの先輩なんだ」

さわやかで、性格もよくて、しかもイケメンだ。

「じゃあさ、早坂さんがその先輩と付き合っても平気？」

「もちろん」

早坂さんは知らないけど、早坂さんが先輩と遊べるように取り計らったのはなにを隠そう、この俺だったりする。だから、今さらそのことを後悔したりはしない。

「ふうん」

橘さんは納得がいかないらしい。

「じゃあさ、その先輩の顔、思い浮かべて」

「思い浮かべた」

「早坂さんがその先輩と抱き合ったり、キスしてるところ想像してみて」

「想像した」

「そのときの早坂さん、部長にみせたことない顔してるよ。幸せで、安心してる。学校にいるときとはちがう、先輩だけにみせる顔。すごく甘えてる。どう？」

「まったく平気だ」

「口からコーヒーこぼれてるよ」

俺は二番目に好きという感情を甘くみていたのかもしれない。想像するとけっこうきつい。

俺が橘さんと部活をしているとき、早坂さんもこんな気持ちになっていたのだろうか。

今、俺の目の前には橘さんがいる。とても嬉しい状況だ。

でも、なにをいったところで、橘さんには彼氏がいる。

彼氏のいる一番の橘さん。

抱き合ったりキスしたりできるけど、他に好きな人がいる二番目の早坂さん。

俺は自分の感情をどちらに向けていいかわからなくなる。普通に考えたら、どちらの恋も未来がない。橘さんとは付き合えず、早坂さんも離れていく。そんな未来を想像する。

「部長、帰るの？」

「ああ。夏なのになんだか寒いんだ」

「そう。じゃあ、私は服でもみようかな」

橘さんを残し、駅ビルを後にする。

これからどうなるんだろうか。しかし考えたところで、どうにもならない気もする。

そんな閉塞的な気持ちを抱えたまま電車に乗り、シートに座り込む。

そのとき、スマホにメッセージが届いた。

早坂さんの一番好きな相手、柳先輩からだった。

◇

早坂さんは一番の相手について俺に話をしたことはない。でも俺はその人を知っている。

柳先輩。

同じ中学だった。

誰に対しても分け隔てがなく、サッカーが上手い。体育大会で同じ組になり、世話好きな先輩が運動音痴の俺をほっとけなくて、それをきっかけに仲良くなった。

進学した高校はちがうけど、今でもやりとりはつづいている。

先輩は中学からプロサッカークラブのユースチームに所属していた。でも、高二の冬に退団した。ずっとやめどきを探していたらしい。高三になった今は受験に向けて勉強しながら、週末は息抜きにフットサルをしている。

一度だけ、そのフットサルの試合に参加したことがある。人数が足りなくて、男女混合だから初心者でも大丈夫といわれて参加した。

柳先輩はとてもモテる。その試合にも、いろいろな人が応援にきていた。そんな人たちのなかに、まだ俺と二番目の恋人になる前の早坂さんがいた。

「あの子、俺の高校の同級生ですよ」

「ああ、早坂ちゃん」

「よく、くるんですか？」

「けっこう応援にきてくれるな」

「誰か好きな人でもいるのかな」

「相手、教えてくれたら手伝うんだけどな」

柳先輩はモテるけれど、すごく鈍感だ。

試合中、早坂さんはずっと柳先輩をみつめていた。俺がいたことにも気づいていなかった。

そのあとの五月、駅のホームで早坂さんにいわれた。

「桐島くんは橘さんのこと好きだよね」

そのとき、俺はよっぽどいおうか迷った。

「そういう早坂さんは柳先輩のことが好きだよな」

でも結局、でてきた言葉は「二番目は早坂さんだよ」だった。

そうして付き合うようになってから一度だけ、早坂さんが一番の話をしたことがある。

「私は難しいかも、一番の恋」

早坂さんは少し寂しそうにいった。

「遠くからみてることしかできないんだ。緊張しちゃって、なにもできないの」

その夜、俺は柳先輩に電話した。

「早坂さんのこと覚えてます？」

「桐島の同級生だろ」

「彼女をチームに誘ってあげてほしいんです。フットサルをしたがってるんだけど、恥ずかしがり屋で、いいだせないみたいで」

「わかった。番号教えてくれよ」

「俺からきいたっていわなくていいですからね」

しばらくしてから柳先輩から連絡がきた。

「誘ってみたんだけど、『あわわわわ』っていって切れちゃったんだけど」

「すごくシャイなんです。もう一度電話をかけてあげてください。次は早坂さんが落ち着くまで待ってから誘う感じで」

翌日の早坂さんはニコニコだった。

「ちょっとだけいいことあったんだ」

こうして早坂さんはフットサルに参加するようになった。

俺が自分でやったことだし、そもそも一番がいる前提で付き合っている。だからデートを切り上げて、そっちにいってくれて全然かまわない。むしろ応援している。

でもなぜだろう、早坂さんを見送ったとき、胸が苦しかった。

抱きついてくる早坂さん、キスをせがんでくる早坂さん、普段、人には絶対にみせない少し不健全な早坂さん。

二番目であるはずなのに、俺は早坂さんのことを、どんどん好きになっている。

◇

シートに座りながら、俺は柳先輩からのメッセージを眺めていた。

『桐島、もしかして早坂ちゃんのこと好きだったりしないか？』

列車はなかなか出発しない。車窓から、駅前の大きな電気店がみえる。あのビルの屋上で、早坂さんは今から楽しくフットサルをするのだ。

俺はスマホを操作して、返信する。

『なんでですか？』

『早坂ちゃん、すげえ人気なんだよ』

フットサルをやってる人たちのなかにも、早坂さんを狙っている人は多いらしい。

『桐島が好きなら、他のやつ近づかせないけど』

『いや、別に好きとかないですから』

『本当か？　桐島、自分がゴールできるときでも、パスするタイプだし』

『サッカーと恋愛はちがいますよ』

『プレーに性格はでるもんだけどな。まあ、そういうことならいいんだ。じゃあ、練習始まるから。桐島も気が向いたらいつでもこいよ』

俺の気持ちは複雑だ。

早坂さんの一番の恋が上手くいってほしい。でも同時に、俺のところに戻ってきてほしいとも思う。感情がいったりきたりで、なんだかつかれる。

早く家に帰って眠りたい。

そう思うけど、電車がこの駅始発なものだから、なかなか発車しない。

しばらくしてから、やっと発車のベルが鳴る。

列車の扉が閉まる、そのときだった。

軽やかな足取りで髪の長い女の子が列車にすべり込んできた。

「せっかくだしさ」

橘さんはしれっと俺のとなりに座っていう。

「部活しようよ」

「……休日だ」

「休日練習」

なるほど。橘さん、真面目だな。

◇

橘さんは白いストラップの夏っぽいサンダルを履いている。底が厚い。もう少し低くしてくれないと、ならんだときに俺の格好がつかない。なんて思ったりする。

「部長、やっぱ元気ないね」

「なにをいってるんだ、めちゃめちゃ元気だよ。今すぐ走りだして飛び跳ねたいくらいだ」

橘さんは車窓からみえる風景を眺めている。

涼しい顔をしているが、俺を追いかけてきたとしか思えない。

電車は俺の家に向かっていて、橘さんの家とは方向も路線もちがう。

「橘さん、部活するっていってたけど、どこでするつもりなんだ？」

「学校」

「乗り換えなきゃいけないな。それはいいとして、俺たち私服だ、まずいだろ」

「裏門から入ればいいよ。みられたところで誰も先生にいいつけたりしないよ」

たしかに橘さんに不利になることをする生徒はいない。恋愛においてはキッズだけれど、本来的に、周りになにもいわせない空気をもつ女の子だ。

あらためて、橘さんの横顔をみる。細い髪、薄いまぶた、長いまつげ、まっすぐな鼻筋、白い頬。牧は橘さんのことをフェラーリに例えたけど、なるほどたしかに特別な人だ。

現実感がなくて、ずっとみていると落ち着かない気持ちになる。

早坂さんは安心をくれる。

橘さんはドキドキをくれる。

そんな感じ。

そうやって横顔を眺めていると、ふいに橘さんが寄りかかってくる。

「橘さん⁉」

「肩ズン」

小さな頭が俺の左肩にのって、俺は左半身で橘さんの華奢な体を感じる。

「部長、ちょっと元気な顔になった」

「いや、まあ」

多分、橘さんが部活をやろうといったときから、俺はこういうことを心のどこかで期待していた。そして今、肩ズンをされて、俺はこのまま橘さんを抱きしめたいとか、キスしたいとか、そんな衝動に駆られている。いつかの日に、早坂さんにしたみたいに。

そうなのだ。

救いがたいことに俺は、早坂さんがフットサルにいってしまった寂しさを埋めるために、一番であるはずの橘さんを早坂さんの代わりにしたいと思っている。本当にろくでもない。

軽く自分の頬を叩く。

「部長、どうしたの？」

「いや、ずるいことを考えてしまったんだ」

「どんなこと？」

「いえない。橘さんにたいして、考えてしまったから」

「そう」

橘さんは少し間を置いてからいう。

「私は別にいいけど」

ガラス玉のような瞳が俺をみつめている。

まるで俺のずるい気持ちなんて全部見透かしているかのようだった
早坂さんの代わりに橘さんを抱きしめる。

――私はそれでも別にいいけど。

なんていっているような気がしたのは、俺に都合のよすぎる妄想だろうか。

列車は規則的な音を立ててすすんでいく。

橘さんはもう一度いう。

「私、部長なら全然いいけど」

◇

私服で誰にもみつからないように学校に入っていくのはちょっとしたスリルだった。

部室に入り、なんだかおかしくて笑ってしまう。

橘さんも首すじの汗をハンドタオルで拭きながら、「ふふ」と楽しそうだった。

「のどかわいた」

「ちょっと待って」

俺は冷蔵庫から麦茶をだす。コップを渡すとき、わざと指にふれる。橘さんは特にいやな顔もせず、受け取った。

「本、ここに置いとくから」

橘さんは駅ビルで買った本を本棚にならべる。

それから俺たちは読みかけだった小説をそれぞれ黙って読む。

俺は小説よりも、向かいに座る私服姿の橘さんばかりに目がいってしまう。

ショートパンツも半袖も、どちらも制服のときより丈が短いから、普段よりも白い肌が大きく露出している。夏の休日の橘さん。とても貴重なオフショットだ。

「今ごろ、好きな人と一緒に運動してるんだろうね」

俺の視線に気づいたのか、橘さんが本を置いていう。

「早坂さん、上手くいってるといいね」

「そうだな」

「フットサルって、体と体がぶつかるよね」

「まあな」

「早坂さん、ドキドキしてるんだろうね」

「かもな」

「部長、震えてるよ」

「この部屋がクーラー効きすぎなんだ……」

「応援してるなら、早坂さんにこれ教えてあげたら？」

橘さんの手のなかには、恋愛ノートの別冊があった。

全部で十三冊ある恋愛ノートのうち、十三番目の禁書にあたるノートだ。

著者が考案したゲームの数々が収録されている。

「いや、それ妄想の産物だから」

男女が仲良くなるためのゲームとして紹介されているのだが、それにかこつけて女の子とイチャイチャしたいという著者の願望が露骨にすけている。

おそらく著者は、恋愛研究をしているうちに、まずは自分が女の子とどうにかなりたいという気持ちになり、最後のノートでついに暴走したのだろう。

「合コンで下心のある男がやりそうなゲームばかりだ」

「でも、男の子が女の子としたいことなんでしょ？」

そのとおり。

「だったら早坂さんがそれをしてあげれば、その先輩も喜ぶんじゃない？」

「どうだろうな、効果があるか怪しいもんだ」

「じゃあ、試そうよ」

「試す？」

「私と部長で、実験しよう」

開かれたページでは、『耳元ミステリー』というゲームが紹介されていた。

ミス研の先輩たちが封印した、禁じられた男女のゲームを橘さんとやってみたい。

でも、やっぱり橘さんには彼氏がいる。二番目同士の恋人を認めたくせに、そんな世間の常識を気にする俺もいて、簡単にはやろうといえない。だから——。

「今日は帰ろう。もう遅い」

「まだ三時だよ」

外は雲一つなく晴れていて、蟬がせわしなく鳴いている。

「でも、わかった。帰るね。なんか迷惑なお願いしちゃったみたい」

眉間にしわを寄せ、恋愛ノートを閉じる橘さん。

「迷惑ではないけど」

「部長、困った顔してた」

私のせいだね、なんていう。

「もう頼まないよ」

寂しげな表情のまま、帰り支度を始める。

まるで俺が傷つけたみたいで、胸が痛い。どこかでみた展開だけど、これは仕方ない。

俺は自分の頬を両手で叩いてスイッチを入れる。

「ちょ、待てよ！」

俺は橘さんのとなりに腰かける。そしてすかさず、彼女の耳元でささやいた。

「シャーロック・ホームズの冒険」

そのタイトルをきいて、今度は橘さんが俺の耳元でささやく。

「アーサー・コナン・ドイル」

耳元で橘さんのささやき声をきいて、思わず背すじに快感が走る。橘さんの声、きれいだ。

「部長、ノリノリじゃん」

顔を離して、橘さんがほほ笑みながらいう。

「じゃあ、やろっか」

「ああ、やってみよう」

耳元ミステリー。

そういう流れになった。

◇

耳元ミステリーとは、ひとりがミステリー小説のタイトルをいい、もうひとりがその著者をこたえるというクイズ形式のゲームだ。

普通のクイズとちがうのは、出題と回答を相手の耳元でささやいておこなうところ。

このゲームが楽しいものになるか、そうでないかは、ゲームをする人のセンス次第であると注釈が入れられている。ただ、このゲームをつくった著者の意図はわかりやすい。

「この体勢でいいのか？」

「いいと思う」

俺たちは部屋のすみにあるソファーにとなり合って座り、体をひねって向かい合う。そして顔を近づけてクロスさせる。互いの耳元が口の近くにある格好だ。

橘（たちばな）さんは髪をかけて、耳をみせていた。顔を近づけると、なんだかいい香りがする。

「交互に出題すればいいんだな」

「じゃあ部長から」

ゲームが始まり、まずは俺がタイトルをいう。

「そして誰もいなくなった」

「アガサ・クリスティー」

橘(たちばな)さんがこたえ、つづけて出題する。

「ドグラ・マグラ」

「夢野久作(ゆめのきゅうさく)」

俺たちはタイトルをいい合い、その著者をこたえていく。

夏の密室に、メトロノームのような一定のリズムが生まれる。

耳元でささやかれる橘(たちばな)さんの声はとても心地よく、なんだか酔ったような気持ちになる。

そういう声のだし方を、橘(たちばな)さんも意識しているような気がする。

「怪盗紳士ルパン」

「モーリス・ルブラン」

「悪魔が来りて笛を吹く」

「横溝正史(よこみぞせいし)」

橘(たちばな)さんの吐息が耳にかかるたびに、俺の背すじはぞくぞくする。そしてなぜだか俺も挑発的な気持ちになって、少し声を低くして、彼女の耳に吐息がかかるように声をだす。

「マリオネットの罠」

「赤川次郎」

「儚い羊たちの祝宴」

「米澤穂信」

これはクイズではない。お互いの耳に息を吹きかけあうゲームだ。橘さんの吐息が耳元をくすぐる。鼓膜を撫でるようなささやき声。

時に高く、時に低く、強く、弱く。

俺が肩を震わせることもあれば、橘さんが肩を震わせることもある。ずっと一定のリズムでつづいていく。言葉に意味はなくて、なにも考えられない。頭がバカになりそうだ。

橘さんの耳しか映らない。橘さんの声しかきこえない。橘さんのことしか考えられない。

確信する。恋愛ノートの著者はまちがいなくＩＱ１８０ある。

「イニシエーション・ラブ」

「乾くるみ」

「告白」

「湊かなえ」

俺たちはいつの間にか密着している。膝をつき合わせていたはずが、橘さんの膝が俺の足のあいだにある。ほぼ、抱き合っているといっていい。

　理性が壊れていく。

　橘さんはさっきから俺が低い声でこたえるたびに、背すじをびくっとさせて、「あ」と、甘い吐息を漏らす。息も荒い。俺は興奮を覚え、同じことを繰り返す。もっと、感じてほしい。

「パラレルワールド・ラブストーリー」

「東野圭吾」

「百瀬、こっちを向いて。」

「中田永一」

　橘さんのつやのある髪、橘さんの白いうなじ、橘さんの香り、橘さんの息づかい。

　部屋に二人きりで、ささやき合って、耳に息を吹きかけられるたびに肩を震わせる橘さん。

　そう、もっとその華奢な肩を震わせてほしい。悶えてほしい。溶けてほしい。そしてもっと俺の耳に息を吹きかけてほしい。俺を感じてほしい。俺を壊してほしい。

「砕け散るところを見せてあげる」

「竹宮ゆゆこ」

　そのときだった。

「なっ!?」と、思わず変な声をだしてしまう。

「どうかした？」

「いや、今、舌が――」

耳の輪郭を、舌でなぞられた気がした。ふれるかふれないかではあったけど、たしかに湿ったものを俺は感じて、信じられないほどの快感が背すじを走ったのだ。

「そう。あたってしまったのかもね」

淡々という橘さんは平然としている。そうか、そういうこともあるものか。

「つづけようよ」

「……そうだな」

俺たちはまた耳に息を吹きかけあう作業に戻る。

でも、いつの間にか俺が防戦一方になっている。時折、橘さんの舌があたってしまうせいだ。不器用なところがあるのだろう。そのたびに、俺はその快感に首をすくめてしまう。

そんな刺激に少し慣れてきたときのことだ。

「うぉいっ！」と、またもや変な声をだしてしまう。

「部長、テンポ悪くなるんだけど」

「いや、なんていうんだろ、耳を噛まれたような気がしたんだ」

「噛まれたら、痛いでしょ」

「そうだな。痛くはなかった。犬が飼い主にやるような、そう、甘噛みみたいな感触だった」

「そう。じゃあ、あたってしまったのかもね」

「……なら、仕方が……ないっ、な！」

しゃべっているときにも耳に舌があたってしまっているが、それもいいだろう。

再開してからも断続的に耳を舌で舐められ、甘噛みされ、俺はそのたびに身悶えする。

意識がだんだん溶けていく。

「部長、顔色よくなったね。電車のなかでは真っ青だったのに。早坂さんのこと、好きなんでしょ？　がっかりしてたんでしょ？　元気になった？」

「いや、それより――」

いつの間にか、俺はソファーに崩れ落ちる格好になっている。

そこに橘さんがしなだれかかっていた。

「これは、その……」

「ただゲームをしてるだけだよ。いや？」

橘さんはとても感性の鋭い人だ。そして、クールな外見とは裏腹に、サービス精神が旺盛だったりする。俺がリストの『ため息』を好きだと知ってから、となりの音楽室でピアノの練習をするときは、必ずどこかでその曲を弾いてくれる。

おそらく、橘さんは完全に理解している。

早坂さんが柳先輩のところへいって俺がへこんだことも、俺がその埋め合わせに橘さんにさわりたかったことも、そんな俺のずるい心も、全部わかったうえで、やってくれている。

普通、こんなことしない。もしかして、俺のこと。

好きなんじゃないの？

そう思った。ききたかった。でも、その代わりに俺はこたえた。

「……いやじゃない」

「じゃあつづけよ」

橘さんに甘えた。くらっとしそうな夏の暑さのせいにして。

「リズムよくいきたいから、ここからは私が全部出題する。部長はこたえて」

「わかった」

橘さんは俺の頭を両手でつかむと、かなり直接的に耳を舐めはじめた。輪郭をなぞるだけじゃない。複雑な耳の内側のラインに沿って舐めたり、くぼみに舌を入れたり、耳たぶを口に含んで、甘く噛んだりする。橘さんの口の中の音が、耳にダイレクトに入ってくる。

頭の奥がしびれた。

俺はなすがままになって、ただ、耳を蹂躙される。時折、橘さんが問い、俺はこたえる。

「阿修羅ガール」

「舞城王太郎」

「ディスコ探偵水曜日」

「舞城王太郎」

橘さん、舞城王太郎好きだな。

なんて思うけど、そんな言い訳みたいなクイズは全然耳に入ってこなくて、ただ橘さんの唾液の音と、荒い息づかいだけが耳を満たす。そんな時間が、ずっとつづく。

「スクールアタック・シンドローム」

「舞城王太郎」

「煙か土か食い物」

「舞城王太郎」

俺はもうトんでいる。目を閉じて、橘さんの舌と唇の感触を耳で味わう。とろける。

橘さんも興奮している。荒い息とともにそれが伝わってくる。

でも橘さんは気づくべきだ。俺だって男で、こんなことをされたら興奮して、橘さんにいろいろなことをしたくなる。俺が悶えて橘さんが喜んでいるように、俺だって橘さんをどうにかしたいし、責め立てたい。

だから、俺は最後の力をふりしぼって反撃する。

首を起こして、橘さんの耳に舌を入れる。そして少し乱暴に動かした。

「ひゃみぃっ！」

橘さんはたったの一撃で声にならない声をあげ、体を痙攣させ、俺の上に崩れ落ちる。

攻めには強いけど、守りに滅法弱い。つまりはそういうこと。

俺はとどめに耳元でささやく。

「好き好き大好き超愛してる。」

瞬間、橘さんが驚いたように顔をあげる。

「あ、えっと、部長、それって……？」

みるからに混乱している。

大人っぽい外見とは裏腹、心はまだまだ恋愛キッズ。

告白したわけじゃない。問題を出しただけだ。俺はその作品の副題もいう。

「Ｌｏｖｅ　Ｌｏｖｅ　Ｌｏｖｅ　Ｙｏｕ　Ｉ　Ｌｏｖｅ　Ｙｏｕ！」

橘さんはそこでやっとそれがクイズだと気づき、顔を真っ赤にしながらこたえる。

「まいじょおっ」

体を起こそうとするけど、力が入らず、すぐにへたり込む。

「おおたろおっ！」

脱力する橘さん。

そこで俺たちは我に返り、ゲームは終わった。

冷静になった俺たちは、無言で帰り支度をする。

一体なにをしていたのだろう。あれは多分、白昼夢だ。

「恋愛ノートの別冊がなぜ禁書になったか、なんとなくわかった気がするな」

「そうね。軽々しく試すものではないかもね」

橘さんもいつもどおりのテンションに戻っている。まるでなにもなかったかのようだ。

でも耳には感触が残っている。

「それに」

ここまできたら、さすがの俺もいわないわけにはいかない。

「こういうことは、彼氏のいる女の子はするべきじゃない」

ついに、俺のほうから彼氏の存在にふれた。

しかし返ってきたのは予想外の答えだった。

「なんで？」

「え？」

「なんで彼氏がいたら、しちゃいけないの？」

橘さんがあまりにも素直にきき返してくるから、俺は戸惑ってしまう。

「いや、そういうのってやっぱ賛成されないし、許されないだろ」

「誰が賛成しないの？　誰が許さないの？」

「世間、とか」

「世間って誰？」

誰かとこたえたら、その誰かを問い詰めにいきそうな勢いだった。

「私が部長となにかするのに、誰かの賛成とか許可とか必要？」

「必要ないけど」

いいながら、俺はまっとうな答えを思いつく。

「橘さんの彼氏にわるいだろ」

「彼氏じゃないよ」

間髪入れずに、橘さんがいう。

これをきいて、俺は期待した。実は付き合ってないという最高の答え。

でも、現実は厳しかった。

「許婚」

橘さんはいった。彼氏じゃなくて許婚、つまりは婚約者。

高校を卒業したら結婚するという。

第3・5話　橘ひかり

橘ひかりがベッドで寝ながらタブレットをいじっていると、母親がノックして入ってきた。

「なにやってるの？」

「サンダルみてる」

ひかりが開いているのは、大手ファッションサイトの通販ページだった。

「この前買ったとこじゃない？」

「もう少しヒールが低いの欲しい」

「珍しいわね。いつもヒールの高いのばかり履いてるのに。背を低くしたくなった？」

「ちょっと、ね」

「別に買ってもいいわよ。いつも無駄遣いしてないし」

「いや、実はしてる」

ひかりはばつが悪そうに頭をかきながら、タブレットの画面をみせる。電子書籍の購入履歴が表示されていた。少女漫画のシリーズまとめ買いが何件もある。

「ひかりはそういうの興味ないと思ってたわ」

「最近、気になってきた」

「同世代の子に比べると周回遅れって感じね」

　ひかりの母親はそこでおかしそうに笑う。

「別にいいわよ。シュンくんのご両親のおかげで会社もうまくいってるし。お金のことは心配しなくていいわ。あなたはまだ子供なんだし、もっと甘えていいのよ」

「お母さん、私、もう子供じゃないよ」

　ひかりはいう。

「人の気持ちとか、わかるようになったよ。好きとか、そういうのも」

「はいはい、少女漫画を読んでね」

　ひかりの母親はいう。

「シュンくんとは上手(うま)くいってる?」

「メールがきたら返事するし、月に一度は一緒にご飯食べてる」

　それより、とひかりはみけんにしわを寄せて、不快そうな顔をつくっていう。

「学校にいるシュンくんの親戚、うっとおしいんだけど」

「なんで?」

「彼氏面(かれしづら)する。みんな、あの人が私の彼氏だと思ってる」

「変な虫がつかないようにしてくれてるのよ」

「そんなのいらないんだけど」

「でも仲良くしてあげて。シュンくんの親戚なんだから」

「わかってるけど」

「今度、ご両親と一緒に食事をしようという話になっているの。あなたもきてね」

「部活が忙しい」

「よろしくね」

ひかりの母親はそういうと部屋をでていった。

同時にスマホが震える。一日一回、律義に送られてくるシュンくんからのメッセージだ。

ひかりはそれを開かず、スマホを放り投げる。

そしてベッドに倒れ込みながら、サイドテーブルに置いていたレシートをつかむ。

駅ビルのカフェで、桐島が全員分の支払いをしてくれたときのものだ。桐島がいらないというから、橘がレシートをもらって帰ってきた。その日の日付が印字されている。

「この紅茶のところ、いらないいな」

そのまま枕に顔を押しつける。

「部長」

つぶやきながら、足をばたばたさせ、またつぶやく。

「部長、部長、部長、部長、部長、部長、部長、部長、部長、部長、部長、部長」

しばらくしてから、ひかりは顔をあげた。

「酸欠なりそう」

第4話　名前のない手紙

ミス研の部室近くにある渡り廊下は告白の名所として知られている。

その日も俺はソファーに寝そべり、身を隠していた。

開け放った窓から、男女の声がきこえてくる。

「いきなり呼びだしてごめん。迷惑だった？」

男のほうはバスケ部の三年生、派手でよく目立つ先輩だ。

「め、迷惑じゃないですけど」

おどおどした声は早坂さん。

早坂さんがこの渡り廊下で告白されるのは、俺が知るだけでも四回目になる。

「緊張しないで。っていうか、緊張してるのは俺のほうなんだけど。あのさ、今の状況どういうことかわかってる？」

「多分、ですけど」

「もしかして、こういうことよくある？」

「たまにあります」

「そっか、そうだよね」

雰囲気でこの告白が成功しないと察したようだ。でも、ここまできたらやるしかない。

「俺、ずっと君のことが好きだったんだ。それで、突然なんだけど付き合ってほしい」

早坂さんは少し間をおいてから「ごめんなさい」とこたえる。

「もしかして、もう彼氏いる？」

一瞬の空白ののち、早坂さんはか細い声でいった。

「……いません」

そう、それでいい。彼氏がいるなんていってはいけない。

まかりまちがって、柳先輩に伝わったら大変だ。

「他に好きな人がいるんです。だから……ごめんなさい」

一人分の足音が走り去っていく。

「終わったか？」

反対側のソファーに寝そべる牧がいう。

昼休み、この男と一緒に弁当を食べていたところ、この告白劇に遭遇したのだ。

「まだ体を起こさないほうがいい」

走り去った早坂さんとは別に、もう一人残っている。

失恋した生徒は、しばらくのあいだ渡り廊下でたそがれるのだ。一度、体を起こすのが早すぎて目が合ってしまい、気まずい思いをしたことがある。

「かわいい女の子も大変だな」

牧がいう。

「早坂のやつ、最近特に苦労してるみたいだぜ」

「ミキちゃんからなにかきいた？」

「まあな」

この男、この学校の生徒会長でありながら、教師と付き合っている。

英語担当のミキちゃん。大卒二年目で、優しい性格をしている。牧はあまり話さないが、牧が他の女子に関心を示さないところをみると、二人の仲は上手くいっているのだろう。わがままな牧をミキちゃんが許しているといったところか。

そしてミキちゃんは先生としても親しみやすく、女子生徒から相談を受けることも多い。

今回は早坂さんだ。

「このところ体操服がなくなったり、気味の悪いラブレターを送られたりしてるみたいだぜ」

「気味の悪いラブレター？」

下駄箱に入っているらしい。

「名前がなくて、差出人が不明なんだとよ。それなのに、次の日の手紙で返事を催促してきたりするらしいぜ」

それはちょっと恐い。

「家の近くまで同じ高校の制服を着た男がついてきたこともあるってさ」

「早坂さん、大丈夫かな」

そういうことが起きているとは知らされてない。

「まあ、そこまで思いつめた様子はなかったらしいけど」

牧はいう。

「かわいい女の子ってさ、こういうことが起きると『またか』って感覚らしいぜ。リコーダーがなくなったりとか、小さいころからひととおり経験してるんだろ」

「そういうもんか」

「早坂って弱気で控えめだろ？　押せばいけそうにみえるから、けっこう苦労してきたんじゃねえかな。変な男からいいよられたり、女子からやっかまれたり」

「ありそうだな」

いいながら俺は体を起こす。

さすがにもう渡り廊下に誰も残っていないだろう。しかし――。

窓の外をみれば、ばっちり目が合った。

意外なことに、残っていたのは早坂さんだった。

俺に気づくと、身振り手振りでメッセージを送ってくる。

『今からそっちいっていい？』

俺しかいないと思ったのだろう。

つづけて、いたずらっぽく、手で胸元にハートマークをつくる。これは大変な失敗だった。

「え、これ、どういうこと?」

遅れて体を起こした牧が、俺と早坂さんを交互にみていう。

「なんか、普通の友だちって雰囲気じゃないよな。てか、俺の知ってる早坂じゃないわ。だって今、完全に女の顔になってるもん。うわあ、なんかすごい。イメージ変わるわあ」

早坂さんはそっと両手で顔をおおう。

『今の全部なしにして』

そんな声がきこえてきそうだった。

◇

「ほんとごめん」

早坂さんは両手で顔を隠したままいう。あれから部室に入ってきて、俺の向かいに腰かけているが、いまだに顔をみせられないでいる。

「桐島くんも恥ずかしかったよね、牧くんにみられて」

「少しだけな」

牧は早々に、あとで話はきかせてもらうぜ、とニヤニヤしながら部室からでていった。

「桐島くんを照れさせようと思ったの。ごめんね」

「大丈夫、気にしてない」

「ほんと？」

指のあいだが開いて、早坂さんがこちらの様子をうかがう。

「おこってない？」

「おこるはずがない」

俺がいうと、早坂さんはやっと手をおろした。

「牧くん、誰かにいったりしないかな」

「いわないと思う。こういうことには意外と口の固いタイプだし」

早坂さんは落ち着いてきたようで、物珍しそうに部屋をみまわす。

「ここがミス研の部室なんだね。居心地よさそう」

「もとは応接室だからな」

「橘さんとは上手くいってる？」

「難しい」

「ごめん、わかっててきいたんだ。桐島くん、ＳＮＳみてるよね？」

「日々のルーティーンだからな」

「絶対メンタルによくないよ」

「耐性がついてきたから平気だ。もはや一日一回SNSをみて歯ぎしりしないと気がすまない。明日も明後日も悔しさを感じたい」

「本気っぽいんだよなあ」

早坂さんはおかしそうに笑う。

「じゃあ、知ってるんだね」

「橘さんが彼氏と一緒に勉強してることなら」

ここ数日、橘さんは彼氏と一緒に図書室でテスト勉強をしている。

彼氏のSNSに、その画像が頻繁にあげられているのだ。橘さんがノートに書き込む姿や、教科書を読んでいる横顔だ。ちなみにミス研はテスト週間で休みにしている。

「勉強教わるなら相手は桐島くんだと思ってた。だって、桐島くんのほうが成績いいよね」

「さすがに彼氏との絆にはかなわないだろ」

そして実は彼氏どころじゃない。

許婚。

高校卒業と同時に結婚するなんて、異次元すぎてどうしようもない。

「桐島くん、今わかりやすくへこんだね」

「ごめん、一緒にいるときに」

「ううん、たぶん落ち込んでるだろうから、励まそうと思ってたんだ。橘さんがいなくても、私がいるんだよって。私じゃダメかな？」

「ダメなわけない。俺、早坂さんのことすごく好きだ」

俺がそういうと、早坂さんはおもむろに立ち上がり、ソファーの向かい側から俺のとなりに移動してくる。そして人差し指を立て、期待いっぱいの目をしながらいった。

「桐島くん、今のもう一回」

「…………俺、早坂さんのことすごく好きだ」

次の瞬間、早坂さんは俺の腕を抱え込むと、これ以上ないくらいの力で体を押しつけてきた。上半身だけでなく、足まで寄せてくる。ついつい、スカートの短さに目がいってしまう。

「早坂さん、これはどういうことだろう」

「桐島くんを励まそうと思って。橘さんが彼氏と仲良くしてて、つらいでしょ？」

「ここ、学校だけど」

「私ね、桐島くんにさわったり、さわられたりするの好きみたい。お見舞いにきてくれたとき、一緒にベッドに入って思ったんだ」

「あのとき、過激なことはしないってルールつくったの覚えてる？」

「私の体、わるくないと思うんだ。男の子たちにそういう目でみられること多いし。さっき告白してきた人も、胸とかすごくみてきたし」

「早坂さん、俺の話きいてる？」

しかし早坂さんは止まらない。

「だから桐島くんを元気づけられると思う、喜ばせられると思う。この体で」

「早坂さん、気づいてないかもしれないが、すごいことといってるぞ！」

「他の男子からそういう目でみられるのイヤだけど、桐島くんなら嬉しいから」

さっきの俺の視線を感じていたのだろう、早坂さんは俺の手をつかむと、スカートから伸びるソファーにのった白い足、その太もものあいだに俺の手を導こうとする。

「待て待て待て待て」

「え？　なんで？　桐島くん、私にさわりたいんじゃないの？」

「いや、さすがにとばしすぎだって。いきなりどうしたんだよ」

俺がそういうと、早坂さんはまるで子供みたいな表情で「とばしすぎ？」と首をかしげ、ちょっとしてから、「そっか、そうだよね」といってうなずいた。

「まずはこっちだよね。私、これもすごく好きだよ」

そういって目を閉じ、俺のほうを向いてあごをあげる。

完全にキス待ちだ。

一体どうしてしまったんだろうか。俺が好きといっただけでこんなに暴走して。

なにか理由があるのだろうが……それにしても、やれやれ――。

「早坂さん、さっきのこと、まったく反省してないだろ」

俺は窓を指さす。

カーテンをしなければ、この部屋は渡り廊下から丸見えだ。

そして今、渡り廊下には牧がいて、こちらに向かって手をふっていた。

早坂さんはとても静かに、再び手で顔をおおった。

◇

「もう学校ではあんなことしないから。橘さんにみられたら大変だもん。私、桐島くんの迷惑になるようなことはしたくないんだ。ほんとだよ」

早坂さんは今度こそ冷静さを取り戻したようだった。そして牧も今度こそ去っていった。

俺は早坂さんをソファーに座らせ、紅茶派の彼女が飲むかわからないけど、ドリップコーヒーを淹れてあげた。基本的に部室を使うのは俺と橘さんだから、コーヒーしかない。

「どうしたんだよ、急に。あんな感じになって」

俺がいうと、早坂さんは気まずそうに目をそらしながらいう。

「……最近、なんだか桐島くんに避けられてるような気がして」

「そんなつもりはないけど」

「だってミス研が休みなのに、平日全然会ってないし」

「ごめん、テスト勉強が忙しくて……」

「そ、そうだよね。テスト週間だもんね。勉強おろそかにしちゃいけないよね」

私の勘違いだね、といって早坂さんは顔を赤くする。

「不安になってたから、好きっていわれて、嬉しくなって、気持ちに歯止めが利かなくなっちゃったんだと思う。ごめんね、めんどくさくて」

早坂さんはごまかすように、コーヒーテーブルに置かれた俺の筆箱から鉛筆を一本取りだして、さわりはじめる。

「前から気になってたことをきいていい？」

「いいよ」

「桐島くん、なんで鉛筆使ってるの？」

「小学生のころからの習慣だからかな。特に意味はない」

俺は毎日ぴんぴんに尖らせた鉛筆を十二本持ってきて授業にのぞむ。

「私、けっこう好きなんだ。桐島くんの鉛筆」

「じゃああげるよ、二本」

「ほんと？　ありがと」

早坂さんは鉛筆を両手に持ってにっこりと笑う。ＣＭにして流したら、鉛筆の売り上げが二割くらい増えそうなかわいさだった。

それからも早坂さんはいろいろと俺に質問してきた。

眼鏡はどこで買ってるの？

桐島くんって夏でも必ずネクタイしてるよね、なんで？

「男の子のことってほんとにわからないんだ。気になること多いんだけどね」

「普通にきけばいい」

早坂さんが相手なら、みんな喜んでこたえてくれるはずだ。

「でも私、桐島くん以外の人に上手く話しかけられないんだ。タイミングとかわからないし、みんなといても結局うなずくしかできないし」

知ってる。早坂さんはみんなの輪のなかにいるけど、すごく不器用で、かわいいこともあって、ちょっとだけ浮いている。

「それに気軽になんて話しかけられないよ。その男子のこと好きなの？　って、ひやかされちゃうもん。それに……」

「勘違いされて、困ったことになる？」

早坂さんはいいにくそうに、「たまにね」と弱々しく笑った。

「最近、そういうことで困ってないか？」

「大丈夫だよ。さっきも告白されたけど、慣れてるから」

「そっか。じゃあ、体操服がなくなったり、名前のないラブレターが下駄箱に入れられてたり、家の近くまで男がついてきたりしたことはないんだな」

「え？」

早坂さんが驚いて、少しのあいだフリーズする。

「……桐島くん、知ってたの？」

「すまない、ちょっとだけ耳にはさんだ」

「心配しないで。たしかに不安だったけど、このところラブレターは入ってないし、下校のときも友だちと一緒に帰るようにしてるから。もう平気だよ」

「こういうことってよくあるのか？」

「高校生になってからはあまりなかったんだけど。彼氏がいるっていえばいいのかな？　そしたら変なことしてこないだろうし、告白だって少なくなるかも」

そこまでいったところで、早坂さんは「ちがうの」とあわてて手をふった。

「別に桐島くんとの関係をオープンにしたいとか、そういうわけじゃないの。そんなことしたら桐島くん、橘さんにアプローチしづらくなっちゃうし」

「早坂さんも彼氏はいないほうがいい。相手が他校といっても、誰がどうつながってるかわからないんだから」

「そうだね、そうだよね」

早坂さんは「じゃあそろそろ教室戻るね」といって立ちあがる。

「ねえ桐島くん」

「なに？」

「私、桐島くんの彼女だよね？」

「あらためてきくまでもないだろ」

早坂さんは満足そうに「えへへ」と笑うと、部室をでていった。

ひとりになり、俺は頭をかく。

早坂さんが俺に避けられてるかもと不安になるのも仕方がない。試験前でミス研が活動していない今、本当はもっと一緒にいることができた。

テスト勉強で忙しいといったのは嘘だ。

俺はポケットから、数通の便箋を取りだす。

早坂さんはいっていた。

『ラブレターはこのところ入ってないし』

それもそのはずだ。ここ数日、俺が早坂さんの目にふれないように回収しているのだから。

心配しないで、と早坂さんはいう。

ミキちゃんこと三木先生の前でも思いつめた様子はなかったと、牧はいっていた。

でもそんなの、周りに気を使ってやせ我慢してるだけだ。

迷惑をかけないように、本当は恐くても、全部自分で抱え込もうとしている。

早坂さんはそういう女の子だ。弱いのに、すぐ無理をする。

だから俺は、早坂さんを恐がらせる犯人をやっつけようと思う。

◇

「なんだよ、知ってたのかよ」

牧がいう。

体育の授業中、俺たちはグラウンドのすみで立ち話をしていた。

「まあな。早坂さんの体操服、ずっと借り物だし」

テニスコートでは女子がテニスをしている。

早坂さんは、保健室に用意されている古いデザインの体操服を着ていた。

「気づかないほうがおかしいだろ」

早坂さんが下駄箱で手紙を持ったまま顔をこわばらせているところも何度もみた。

「ちなみに家の近くまできた男子生徒ってのは俺だから」

「桐島なのか？　どういうこと？」

「ストーカーされてないか、遠くから見張ってたんだ」

「それ、お前がストーカーだろ」

「やっぱり？」

家に入るところまで見届けようと思っていたら、急にふり返るものだからあせった。顔はみられなかったけど、おかげで俺が不審人物と思われてしまった。

「じゃあ、手紙と体操服が問題なんだな？」

「そういうこと。そしておそらく犯人は部活をしてる生徒のなかにいる」

下駄箱（げたばこ）に手紙を入れられるタイミングは放課後しかない。

「テスト週間だけど、自主練で残ってる生徒は多いぞ。俺たち生徒会も残ってるし。犯人みつけるの、難しいんじゃないのか？」

「いや、そうでもない」

明日、明後日（あさって）にはわかるようなことだ、と俺はいう。

「そうなのか？　こういう犯人当てって難しいイメージあるけど」

「ミステリーは読者を驚かせるためにわざと複雑にしてるだけだから」

現実に起きることはもっと単純だ。

「なかなかいうじゃん。じゃあ、犯人の目星はついてんだな」

「ミステリーだったらここで犯人は先生だったり、女の子だったり、まさかの俺だったりするわけだけど、あれは意外性のために書かれるものだから」

今回は当然、男子生徒だろう。

「桐島、本当にミステリー読んでたんだな」

「俺をなんだと思ってたんだよ」

「ミステリーなんて看板だけで、となりの部屋からきこえてくるピアノの音を聴きながら、好きな女の子の彼氏のSNSをみて嫉妬に狂う変なやつだと思ってたよ」

「だいたいあってるよ」

俺は犯人の可能性がある三人について話す。

漫画研究部の山中くん。

体育のとき、早坂さんを一番熱心にみているのが彼だ。体操服への興味はまちがいない。漫画の賞に応募していて、熱中すると周りがみえなくなる。頭はいいはずなのに、中間テストで0点をとったという噂がある。

サッカー部の市場くん。

他校の女子と遊んだことを大きな声で話しながらも、いつも横目で早坂さんの反応をうかがっている。女慣れしたタイプのようにみえるけど、実際はそれほどでもない。本当に女慣れしてるやつは、牧のように黙って教師と付き合ったりするものだ。

バドミントン部の野原先輩。

三年生で、早坂さんに二回告白してふられている。いまだにあきらめられず、後輩に用があるふりをして教室にやってきては、早坂さんに未練のある視線を送っている。ドラマチックなタイプで、二回目の告白はみんながみている前でして、早坂さんは泣いてしまった。

三人とも早坂さんのことが好きで、そのいずれの感情も行き場がない。そういうことが頻繁に起こってしまうのが人を好きになるということで、とても難しい問題だ。

「それで、ここからどうやって犯人を特定するんだ？」

「もう一つ手がかりがある」

「回収したラブレターか」

筆跡でわかるかもしれない。

「このあいだの小テスト、ミキちゃんに頼んで借りられないか？」

「いいぜ」

「返事が軽いな。ばれたら大問題だぞ」

「ミキちゃん、俺のいうことならなんでもきくから」

この男、さらっとすごいことをいう。

「それより桐島、そろそろ早坂との関係教えてくれよ。すげえ大事にしてんじゃん。あの感じだと、早坂もまんざらじゃなさそうだし」

「あまり他人にいうことじゃないんだ」

「いいだろ。桐島だけ俺の秘密を知ってるのは不公平ってもんだぜ」

「仕方がないな」

俺は早坂さんとの関係を、簡単に説明した。

「お、おぉう。めちゃ不健全だな」

牧がいう。教師と付き合ってるやつがいうセリフじゃない。

「滑り止めに二番同士で付き合う、か」

「とても冴えたやり方なんだ」

「頭で考えるぶんにはそうだろうけど、そんなに上手くいくもんかな」

牧は失恋確率二十五パーセントメソッドに懐疑的だった。

「少なくとも重大な見落としが一つあるだろ」

「どんな？」

「二番が一番に昇格する可能性だよ」

つまり、前提条件の変更。

「早坂か桐島、どちらか一方だけが相手を一番に昇格させたらさ、すげえこじれるよな」

牧はまるで予言するかのようにいう。

「そうならなきゃいいけどな」

◇

テスト用紙の山と向かい合う。

放課後、部室でのことだ。そして困ったことになっていた。

ラブレターとテストの筆跡を照らし合わせようと考えていたのだが、テスト用紙に書かれている文字のほとんどがアルファベットなのだ。

ミキちゃんは英語教師なのだから当然だ。

名前と訳文は日本語だけど、さすがに筆跡鑑定するにも文字の数が少なすぎる。それに、そもそも二年の答案しかないから、三年生と一年生は守備範囲外だ。

ちょっと考えればわかったのに、完全なケアレスミスだ。

やれやれって感じだ。

俺はため息をつき、下駄箱(げたばこ)から回収したラブレターを二通、机の上に置いて眺めてみる。

一通は早坂(はやさか)さんの容姿を褒めた内容、もう一通はそろそろ返事が欲しいと催促する内容だ。

名前がないのに返事を求めてくるところが、たしかに不気味といえる。

早坂(はやさか)さんがミキちゃんに渡したラブレターのなかには、体操服姿をみせてほしいといった内容もあったらしい。それはもはやラブレターとはいえない。

俺は手元にある手紙をみつめる。そして、あることに気づく。

字がとても丁寧に書かれている。

女の子に宛てた手紙なら当然で、つまり普段の字とは異なっている。

筆跡鑑定はプロでも難しいときくし、美術の授業でまったく観察眼を発揮できていない俺にできるはずがない。

現実に起きる事件なんて簡単だ。

牧にそういったことを思いだし、急に恥ずかしくなる。

大きなことをいってしまった手前、他に糸口はないかと、あれこれ考える。しかし機転の利くほうではないし、筆跡鑑定で解決しようと一度決めてしまっているから、そこから頭をやわらかく使うことも難しい。

絞り込んだ三人全員に、君が犯人だねと順にいってまわり、自白を誘う手もある。でも根拠がないとすっとぼけられたときに逃げられてしまうだろう。

テスト用紙は夕方までに返せといわれている。

時間は刻一刻と過ぎていく。

まあ、ムリなものは仕方がない。いったんあきらめて帰って寝よう。

そう思って、テスト用紙を返そうと封筒に入れたときだった。

――ひらめいた。

俺はおもむろに立ちあがり、部室をでる。そして階段を降りて一階に向かった。

旧校舎、ミス研の部室とは対角線上にある部屋。扉を開けてなかに入っていく。

一人の男子生徒が机に向かっていた。

俺はその男子生徒の背後に立ち、肩に手を置く。

「返してくれないか？　早坂さんの体操服」

彼はこちらに体を向けると、少し考えてからいう。

「なんで僕だとわかったの？」

「中間テストで0点とったろ」

頭いいはずなのに。

「どうしてそんな点をとったんだ？」

「名前を書き忘れたんだ」

男子生徒は落ち着いた口調でこたえる。

俺は机の上に二通の手紙を置いていう。

「ダメじゃないか。大事なものにはちゃんと名前を書いておかないと」

◇

早坂さんがテニスをしている。

ラケットにふりまわされながらも、不器用ながら相手にきちんと打球を返している。

手で額の汗をぬぐいながらも、表情は明るい。着ている体操服は彼女のものだ。どうやらきちんと戻ってきたらしい。

犯人は漫研の山中くんだった。

彼にはうっかりしたところがあり、テストにも、ラブレターにも名前を書き忘れてしまう。

でも正確にいうなら、あの手紙はラブレターじゃない――。

漫研の部室に足を運んだ日、山中くんの机の上にはタブレットが置かれていた。そこには早坂さんによく似たキャラクターが映っていた。体操服を着ているシーンで、描きかけだった。

「観察したかったってこと？」

俺がきくと、山中くんはうなずく。

「どうしても上手く描けなくて、モデルになってほしかった」

「それで手紙を書いて下駄箱に入れた。でも返事がないから、体操服を借りたんだな」

「勝手にね。悪いことをしたよ」

漫画の賞の締め切りが近いらしい。

「少しでもクオリティを高くしたかった。でもやっぱり体操服だけじゃだめで、本人が着ているところを間近でみたくて、また手紙を書いた」

けれど名前を書き忘れているから、返事はない。

「体操服を返さなきゃとは思ってたんだ。でも、下校のとき、うしろに桐島くんがいたりして」

二人きりになるタイミングがなかったのだという。それは申し訳ないことをした。

「それにしても、山中くんはもう少しストレートにモデルになってほしいと書くべきだった。容姿を褒めたりして、あれじゃあ不気味なラブレターと勘違いされても仕方ない」

そこで山中くんは押し黙る。

「もしかして、早坂さんのこと好きだった？」

「そうじゃなかったら、自分の漫画の主人公にしたりしないよ」

たしかにそうだ。

「恋人になりたいとか、そういうのじゃないんだ。いや、モデルを引き受けてくれたら、そのときに告白しようと、心の奥底では思っていたのかもしれない」

でも、もうその気はないよ、と山中くんはいう。

「桐島くんがいるからね」

「俺は早坂さんのなにものでもない」

「そうかな」

山中くんは良い漫画を描くために、いつも人を観察しているという。

「早坂さんはことあるごとに桐島くんを目で追っているよ。そして桐島くんは彼女のためにこういうことをしている。両想いだね。文句のつけようのないほど、完全に」

「早坂さんには別に好きな人がいる」

「知ってる」

山中くんは早坂さんと同じ中学で、当時、早坂さんが好きな人について友だちと話しているのをきいたらしい。

「別の中学の、一つ上の学年にとてもかっこいい人がいたんだ。桐島くんが通っていた学校だから、知ってるんじゃないかな」

「柳先輩だ。今も恋してる」

「でも、その人への気持ちは恋なのかな？」

山中くんが意表をつくことをいうから、俺は思わず「え？」とききき返す。

彼はタブレットを操作して、描きかけの漫画をみせてくれる。

「僕はね、普段から人の瞳をよくみている。感情が宿ってるからね。同じキャラクターを描くにしても、シーンや、誰と話すかによって瞳の描き方を変える」

「芸術家だな」

「漫画家だよ」

山中くんが描いているのは、主人公の女の子が、二人の男の子と三角関係になる話だった。女の子のモデルは早坂さん。

「男の子のひとりは、主人公が憧れている先輩だ。もうひとりはつっけんどんな同級生」

「少女漫画だな」

「姉の影響で小さいころから好きなんだ」

俺も妹の影響でよく読んでいる。

「主人公の女の子はね、最終的に先輩じゃなくて同級生を選ぶ。どうしてだと思う？」

「少女漫画においては優しい先輩より、つんつん同級生のほうが強い」

「教養があるね」

でも山中くんが物語のラストをそうする理由はちがうらしい。

「憧れは好きという気持ちとまったく別ものだからだよ。似ているから知らず知らずのうちに混同してしまうけどね。でも、心をよくみるといい。憧れ、大切にしたい、かわいい、いろいろなプラスの感情がある。でも、純粋な好きという感情はもっと特別で、他のどれともちがうんだ」

「感情を、とても繊細にとらえてるんだな」

「そうかもしれない。それで、思うんだよ。早坂さんのその先輩への感情はただの憧れだ。いつか本人も気づく。それが好きとはちがうこと。そう思っていたから、僕は心のどこかで早坂さんをあきらめられないでいた。でも最近、早坂さんの瞳のなかに本当の『好き』をみつけた。ある人物を目で追っているときなんだけど」

「誰だろう」

「とぼけるね」

まあいいや、僕は完全にあきらめたから、と山中くんはうつむいた。

「体操服、俺から返しておこうか」

「いや、直接謝って返すよ。ちょっと恥ずかしいけど、自分でやる」

「俺のこと、いわなくていいからな」

わかった、と山中くんはうなずく。

「ところで、俺の目も観察してたりする？」

「自分が本当に誰を好きか知りたいんだね」

「山中くんの話だと、感情というのは自分でもわからないときがあるみたいだから」

教えないよ、と山中くんは人懐っこく笑う。

「人知れず失恋していく男の、ささやかな抵抗だよ。桐島くんは悩んだほうがいい」

「そっか」

「ねえ桐島くん、恋ってのはなかなか残酷だね。僕は中学のときから、早坂さんのことが本当に好きだった。早坂さんのことを考えて、なにも手につかない。しかたなく、瞼の裏に浮かぶ早坂さんをずっとデッサンしつづけた夜もある。でもこの感情はどこにも行き場がなくて、なに一つ報われないまま終わっていくんだ」

「俺も、その報われない恋の多さについてはよく考える」

「早坂さんはとても多くの人から特別な好きを向けられる。なのに、たったひとり、自分が好きな人から好かれなかったとしたら、それもまたとても残酷なことだよ。僕は早坂さんの気持ちが報われてほしい。君には、それを伝えておくよ」

山中くんはそういうと、机に向かって漫画を描く作業に戻った。

泣きたそうだったから、俺は部屋からでていくことにした。

「漫画、賞とれるといいな」

「ありがとう」

◇

放課後の図書室には誰もいなかった。

橘さんの彼氏が学校を休んでいるから、今日は恋人たちの勉強会はおこなわれない。

俺は書架から土佐日記の解説をみつけ、机に広げる。ここ数日の遅れを取り戻さなければいけない。助動詞の活用を教科書に書き込んでいく。すると誰かが入ってきた。

早坂さんだ。

少し照れたような顔で、俺のとなりに座る。

「そこ、いつも橘さんの彼氏が座ってる場所でしょ」

「ＳＮＳの画像から察するに、そうだろうな」

「偶然？」

「今日はＳＮＳの更新がないから、代わりにここに座って悔しさを感じることにしたんだ。彼氏はここでいつも橘さんの横顔をみてるのか。ぎりぎりぎりぎり、って」

「ほどほどにね」

早坂さんは笑う。なんだか機嫌がよさそうだ。

それから、少しためらったのち、ぶつけるようにして体をくっつけてきた。

「学校のなかではもう変なことしないんじゃなかったのか？」

「全部、桐島くんが悪い」

「俺のせい？」

「ずるいよね、その優しさ」

「彼は思ったより口が軽いな」

「ううん、私がちょっと強引にきいただけ。ちょっとだけ、ね」

にっこり笑う早坂さん。山中くんは恐い思いをしたかもしれない。

「早坂さん、これからはなにか困ったことがあったら、ちゃんといえよ」

「うん。でも私がいわなくても、桐島くんは助けてくれるよね」

えへへ、と早坂さんは俺の胸に顔を押しあててくる。

「ちょっと早坂さん、誰かにみられたらどうするんだよ」

「ドキドキするね」

だめだ。完全にわるい子スイッチが入ってしまっている。

「このあいだ、『私、桐島くんの彼女だよね？』なんてきいてゴメンね。重かったよね」

「そんなことはないけど」

「私、もう重いこといわないね。もっと、いい彼女になる」

「今でもいい彼女だ」

「ううん、心配ばかりかけてるもん。ねえ桐島くん、そんなに気を使わなくていいんだよ。もっと好きにしていいんだよ。橘さんが彼氏と仲良くして気分が落ち込んだとき、私を代わりにしてもいいんだよ」

「そういうのってなんだか申し訳なくて、できる気がしないよ」

「いいの。だって私、桐島くんの彼女だもん。桐島くんが望むとおりにしてあげたいの。桐島くんが望む彼女になりたいの。なんでもしてあげたいの」

「早坂さん？」

「ねえ、橘さんはこの席で、彼氏に抱きしめられてたかもしれないよ？」

俺はその光景を想像する。ちょっと胸が痛い。

「いいんだよ、そういうこと私にして。橘さんの彼氏が、橘さんにする以上のことしたっていいんだよ。私ね、大事にしてもらうのは嬉しいけど、手の届かないところに飾られてるより、少し傷ついてもいいからさわってほしい。そう、思うんだ。桐島くんだから思うんだよ」

早坂さんは俺が今回の件を解決したことで、気持ちがかなり高ぶっているようだ。

表情や仕草から「好き」という感情があふれだしている。ここまで無条件の好きを人から向けられることって、なかなかない。ちょっとした奇跡のように思える。

「桐島くん、桐島くん、桐島くん、桐島くん、桐島くん、桐島くん」

しかし、さすがに感情のアクセルを踏みすぎじゃないだろうか。

早坂さんはゆっくりと俺の手首をつかむ。

「私、桐島くんにさわってほしい」

そのまま胸に手を持っていこうとするから、俺はあわてて止める。

「早坂さん、ちょっと待て」

「さわるの、いや？」

「なんていうんだろ、そういうんじゃなくて、俺、今けっこう本気で戸惑ってる。このあいだも、こういうことあったけど……」

「私ね、気分でこういうことしてるんじゃないんだよ」

早坂さんはいう。

「二番だけど、ちゃんとした彼女になりたいんだ」

「早坂さんはちゃんとした彼女だ」

「でもさ、恋人だったら、みんなもっといろいろしてるよね」

「そうだけど。でも、よく考えたほうがいい。俺たちはちゃんとした恋人だけど、二番であることを自覚してる。一番がいるのは早坂さんも同じだ」

「うん。でも、二番でも桐島くんなら全部いい。そう、思ったんだ。だからさわってほしい。もっと桐島くんに踏み込んできてほしい」

いつのまにか早坂さんはブラウスの第二ボタンまで外している。

「私、二番でいいから、ちゃんとした彼女になりたい」

「わかった、それはそうだとして、ここは図書室だ。窓もいっぱいある」

「みられたら、そのときはそのときだよ」

みせつけてやろうよ、なんて早坂さんはいう。

「そんなことになったら、早坂さんのイメージ崩れるし、大騒ぎになるぞ」

「いいよ。そんなイメージ押しつけてくる人たちなんか、もうどうでもいい。最初から好きじゃないんだ。男の子は私とそういうことがしたいだけ。女の子は私をかわいいアクセサリーとしてとなりに置いてるだけ」

「早坂さん？」

「みんな私のことをイメージにはめようとしてくる。清純、優しい、なにそれ？　でも桐島くんはちがう。桐島くんだけはちがう」

「少し落ち着いたほうがいい」

「桐島くんはちゃんと私をみてくれる。私を大切にしてくれる、私を助けてくれる。だから、もっと特別なことしたいんだ」

「話をきくんだ、早坂さん」

「他の人たちなんてみんないなくなればいい。私と桐島くんさえいればいい」

早坂さん、完全に変なスイッチが入っている。抑圧されていた反動だろうか。

でも、言動が破綻すればするほど、なぜか早坂さんの表情はきれいになっていく。

虚ろな瞳に不健全な魅力が宿っている。

「桐島くんはありのままの私を受け止めてくれるよね？　受け入れてくれるよね？　これが私だよ。誰にもさわらせない。でも、桐島くんにはさわってほしい。もっと踏み込んできてよ」

早坂さんにつかまれた手が、彼女の胸に導かれていく。

俺は早坂さんの空気に完全に呑まれてしまって、なにもいえない。

「好きだよ桐島くん」

そして俺の手が、早坂さんの胸にふれる寸前。

「え？」

俺はさらに驚く。早坂さんが俺の手を、ブラウスのなかに差し込もうとしたからだ。

胸元からレースの生地がみえる。

しかもそのレースの生地と傾斜のついた白い肌の隙間に、俺の指先を入れようとする。

「早坂さん！」

これ、さわるさわらないの問題じゃない。もっと先にいこうとしてる。

「桐島くんにあげたいんだ。他の人には絶対にあげない。でも桐島くんには全部あげる。もらってほしい、もらってくれるでしょ？　ねえ、もらってよ」

有無をいわせぬプレッシャー。俺は一つの真理を理解する。

女の子が本気になったら、多分、男はなにも抵抗できない。

そのまま指先が、隙間に入り、やわらかいものにふれる。

誰か止めてくれ。そう思ったそのときだった。

廊下から足音がきこえてくる。虚ろだった早坂さんの瞳に光が戻る。

土壇場で、理性を取り戻したようだ。早坂さんのいい子は消えていない。

俺たちは急いで体を離す、と同時に開かれる扉。硬い足音。入ってきたのは――。

「部長じゃん」

橘さんだった。

「なにしてるの？」

きょとんとした顔で、俺と早坂さんの顔を交互にみて、首をかしげる。

とっさに反応したのは早坂さんだった。

「べ、勉強教えてもらってただけだから！」

びっくりするほど挙動不審だが、すっかりいつもの早坂さんに戻っている。

「橘さんも、勉強は桐島くんに教えてもらったらいいと思うよ！　わかりやすいから！」

それだけいうと、あわててブラウスのボタンをとめて、図書室をでていこうとする。

去り際、早坂さんは橘さんの背中越しに、『さっきはごめんね』とでもいうように両手を合わせた。そして困ったような顔をしながら指を二本立てる。

『私、二番目の彼女でいいから』

そんなメッセージ。

こうして嵐のような時間は去り、俺と橘さんが残った。

「橘さんは、なにしにきたの？」俺はきく。

「勉強」

橘さんは、すん、とした顔でこたえる。

そして、なにくわぬ顔のまま俺のとなりに座った。

「いつもここでしてるから」

そのまま勉強道具を広げ、黙々とシャーペンを走らせる。

俺もとりあえず、古文の課題に向かう。

平穏な日常が戻ってきて、ほっとする。そのまま、時間が過ぎていく。

早坂さんのあれは、一時の感情に流された気の迷いだろう。

俺の気持ちも落ち着いてくる。このまま何事もなく過ぎればいい。しかし。

橘さんは数学の証明問題を二問解き終えたところで、俺の襟をつかんでいった。

「なんで早坂さんには勉強教えてあげたの？」

少し、怒ったような口調。

「私が頼んだら断ったくせに」

わたし、
二番目の彼女
でいいから。

第5話　知ってるよ

早坂さんには仲のいい友だちがいる。

酒井文。

ショートカットの女の子。セルフレームのメガネをかけ、その上に前髪を垂らしている。

地味なタイプだけど、どうやらそれは彼女の演出だったらしい。

ある朝のことだ。

俺は遅刻をして、裏門から学校に入ろうとしていた。鉄門に足をかけてのぼり、飛びおりたとき、一台の車が裏門から少し離れたところに乗りつけてきた。

外車だった。車体が銀色に輝いている。

助手席からおりてきた女の子が、こちらに向かってきて、門をよじのぼる。

「ちょうどよかった。桐島、ちょっと手かしてよ」

いわれて俺は女の子が門を越えるのを手伝った。

着地する瞬間、その子の前髪が一瞬垂れて、初めて酒井だと気がついた。

「メガネないとイメージ変わるな」

俺がいうと、酒井はあわててカバンからケースを取りだしてメガネをかける。

「送ってくれたの、お兄ちゃんだから」

その言い訳はさすがに無理がある。本人もそう思ったらしい。

「もしかして桐島、みた？」

「車内でお兄ちゃんとキスしているところなら」

しっかりみえていた。

「でも、家族でキスすることは変じゃない。欧米的な価値観にもとづけば。でも酒井はひとりっ子だった気がするけどな」

「やれやれ」

酒井は髪をかきあげ、さっきかけたばかりのメガネを外す。そして、

「同棲してる大学生」

と、こともなげにいった。普段の彼女からは想像もできない言葉だった。

「ということで桐島、一緒に授業さぼろっか」

「俺、別に誰にもいわないって」

「まあ、ちょっと話そうよ」

そういうことになり、自転車置き場で涼みながら会話をしている。

「そういえばこのあいだ、三年の女子が教室にきてたよな」

「彼氏とられた、って騒いでたやつでしょ」

ある三年の男子が、みなれない二年の女子に惚れ込み、付き合っていた彼女と別れた。

三年の女子たちはその二年の女子に、他人の男に手をだすなと注意したかったのだけど、結局その女の子はみつからなかった。

「あれ、酒井だったんだな」

「とったつもりないんだけどね」

メガネをかけていない酒井は、同年代の誰よりも落ち着いてみえる。

「いろいろ試してみるべきなんだよ」

酒井はいう。

「たった一度の恋で理想の相手がみつかると思う？　それってさすがに怠けすぎでしょ。何度も何度も恋をして、いろいろな人と付き合って、やっとみつかるんじゃないかな」

「なにかの本で読んだけど、アメリカの社会実験によれば、会社がいい人材を採用するためには百人の人に会う必要があるらしい」

恋も同じかもしれない。理想の相手をみつけるために、たくさんの人と恋をする。

「だから私は気になった人とはとりあえず親しくなることにしてるんだ。とても親しくね」

なるほど。

「酒井は自由な恋をしてるんだな」

「そういう桐島は実験的な恋をしてるでしょ」

夏の熱い風が吹き抜けていく。自転車置き場からはプールがよくみえる。

フェンス越しに紺色の水着を着た女子たちが、体を濡らしていた。

橘さんもプールサイドにたたずんでいる。

青い空に吸い込まれそうで、本当に夏の蜃気楼みたいだった。

視線を感じたのか、橘さんがこちらを向く。ほんの一瞬、見つめ合った。

泳ぐ順番がきて、橘さんはすぐに視界から消える。

「もしかして、俺たちのこと早坂さんからきいてる？」

酒井は「きいてない」という。

「でも、あかねは隠し事が下手だから」

全部わかっているらしい。

「ねえ、そのあたりの話きかせてよ」

「あまり他人に話すようなことじゃない」

「いいでしょ。私の秘密を知ったわけだし」

酒井はおかまいなくつづける。

「桐島はさ、橘さんにも好かれてるよね。今、みつめられてたでしょ」

「どうなんだろ」

「女の子が、男と二人きりの部活をするってのはそういうことだよ」

「でも許婚がいる」

「関係ないって。橘さん、桐島のことしかみてないし」

「ただの許婚なら、俺もそう思ったかもしれない」

事情はもうちょっと複雑だ。

橘さんはいっていた。許婚の父親が経営する会社のおかげで、お母さんの会社は利益がでているらしい。つまり橘家の暮らしは、許婚の家族によって成り立っている。

テストが終わったあと、部室で、橘さんはそういったことを淡々と語った。

「なるほどね。それで桐島は、自分が選ばれることで橘さんの家庭が壊れるのが恐いんだ」

「橘さんの進路希望調査をみたことがあるんだ」

「芸大の音楽部でしょ。プライベートレッスンも含めて、時間もお金もかかるだろうね。でも、ほんとなら部活なんてやってるヒマもないのに、それでも桐島と一緒にいることの意味はよく考えてあげたほうがいいかもね」

橘さんは恋愛初心者で、いろいろなことに興味をもっている。

正直、それに乗じてなにかできそうな気もしている。でも橘さんの幸せを考えると、許婚を捨てさせるようなことは、気が引ける。

「私が桐島だったら、許婚はそのままいてもらって、とりあえず橘さんと〝親密〟になってからあとのことを考えるけどね」

行動派の意見だ。それにしても。

「酒井は早坂さんの友だちだから、こういうことをしてると知ったら、怒ると思ってた」

「あかねの恋はあかねのもの。口だしなんて野暮だよ」

「早坂さんは、酒井が自由な恋愛をしていることを知ってるのか？」

知らないよ、と酒井はいう。

「いい子には刺激が強すぎる」

「早坂さんはいい子っていわれることに抵抗があるみたいだけど」

かわいらしい反抗期だよ、と酒井はいう。

「ねえ知ってる？　あかね、最近料理の練習してるんだよ。いい彼女になりたいんだって」

「一番の相手のためだろ」

「桐島、好きな食べ物は？」

「茄子の煮びたし」

「あかねが練習してるの、それだよ」

相変わらず真面目だ。

「一番と二番、ね。でも、そんなにきれいに割り切れるのかな。恋愛感情って、自分でもコントロールできないものだと思うけど」

酒井はそこで胸元のリボンを取って、ブラウスのボタンを外す。

鎖骨のあたりに、小さなあざがあった。

「まさか」

「そう、キスマーク」

運転席にいた男が酒井の首すじに口をつけているところを想像してしまう。そのシーンはなぜか、朝、大学生が下宿している部屋のベッドの上だったりする。

「桐島、顔赤いよ」

「酒井はちょっとすすみすぎ」

「そうかな、普通だよ。好きな人にさわりたい、さわられたいって、すごく自然な感情だと思う。男の子だって、女の子にさわりたいでしょ」

「女の子もそういうふうに思うのか？」

「あかねも橘さんも興味ないはずないって」

心あたりはある。

「桐島ってさ、女子からしたら、そういう興味をぶつけたくなるタイプなんだよね」

「え？」

それってどういうことだろう。

「もしかして俺、けっこうかっこいい？」

「そんなわけないじゃん。ただのメガネだよ」

はっきりいう。

じゃあなんで？　と俺がきくと酒井(さかい)は即答した。

「口が固そうだから」

「それだけ？」

「大事なことだよ。顔のいい男子よりも秘密を守れる男子。そのほうが、女の子は安心して人にはいえないようなこと、いろいろできるじゃん」

そういうと酒井(さかい)はブラウスのボタンをきちんととめ、メガネをかけて前髪を垂らす。

いつもの地味な女の子が完成していた。

「ということで桐島(きりしま)、これから苦労するかもね」

◇

映画やドラマなんかだと女の子はとにかく清純に描かれることが多い。

でも、現実の女の子はもう少しだけ複雑なのかもしれない。

『私、いい子なんかじゃないよ』

早坂(はやさか)さんはそういいながら、よく俺にさわろうとする。

酒井(さかい)のいうとおり、女の子もそういう興味をもっているのかもしれない。

じゃあ、嫉妬や独占欲なんかはどうだろう。

俺は初恋の女の子に向かって、他の男とは仲良くしないで、とお願いしてしまった。

女の子もそんな気持ちになることがあるだろうか。

俺は授業にでず、部室のソファーで横になってそんなことを考えていた。

酒井の進歩的な恋愛のインパクトにあてられてしまったのだ。

でも、そうこうしているうちに眠ってしまう。起きたのは二限目の途中だった。

耳に、湿ったやわらかいものがあたった。いつかの感触。背すじに快感が走る。

「やっと起きた」

橘さんが屈み込んで、俺をのぞき込んでいた。

「君は舐めぐせがついているな」

なおも橘さんが耳を舐めようとするので、俺はいそいで体を起こす。

「いろいろいいたいことはあるけど、とりあえずメガネを返してくれ」

寝ているときに取ったのだろう、橘さんは俺のメガネをかけていた。

「そんなのかけてたら目が悪くなるぞ」

「鼻でかけてるから平気だよ」

「返してくれないとなにもみえないんだ」

橘さんはしれっとレンズを指でさわってから、メガネを返してくれた。

俺はメガネ拭きで指紋を拭き取る。

「授業中だぞ」

「部長もだよ」

「ていうか橘さん、なんでここにいるんだ？」

「部長、自転車置き場にいたのに授業でてなかった」

「そういえば、みられてたな」

「なんで酒井さんと一緒にいたの？」

「偶然会っただけだ。それにしても、よく酒井ってわかったな。メガネないと別人だろ」

「立ち姿とか、話すときに肘を抱える仕草とか、酒井さんそのままだったよ」

橘さんの観察力が恐い。

「そんなことより部長、せっかくだから部活やろうよ」

橘さんが恋愛ノートを広げてくる。

しかも禁書で、ページのタイトルは『手を使わないゲーム基礎編』となっている。

耳元ミステリーにつづく、著者の妄想の産物だ。

「橘さん、テスト期間は部活休止だといったろ」

それに俺たちはミステリー研究部だ。恋愛部じゃない。

「いいじゃん。私、恋愛のこともっと知りたい」

橘さんがぐいぐいとノートを押しつけてくる。俺はそれを押し返す。

「部長、最近なんか私のこと避けてる」

「そんなことはない」

「いきなり部活休みにするし」

「テスト週間だからな」

「私が勉強教えてって頼んだら断った」

「それは……」

「なのに早坂さんには教えてた。けっこう傷ついたんだけど」

橘さんが迷子犬のような顔をするから、胸がちょっと痛い。

「部長は早坂さんのことが好き」

「早坂さんも、部長のことが好き」

「普通だって」

「なんでそう思うんだ？」

「接し方が優しかったり、逆にぶっきらぼうだったり、すごく不安定。好きだと、そうなるんでしょ？」

よくみている。

「でも橘さんは一つ忘れてる。早坂さんには別に好きな人がいる」

「それ。そこが難しい。早坂さんには好きな人がいるはずなのに、部長のことも好きなようにみえる」

橘さんは俺の顔をみつめながらいう。

「部長も、早坂さんのことが好きなようにみえるけど、別の女の子を好きなようにもみえる」

「誰だよ、別の女の子って」

「私」

撃ち抜かれた。

橘さんのストレートすぎる問いかけ。

『私のこと好きなんじゃないの？』

彼女はそうたずねたのだ。とても平静に、ごく自然に、びっくりするほどフラットに。

俺もなるべく冷静に返答する。

「橘さんの感じていることが全部本当だとしたら、いろいろな人がいろいろな方向に好きの矢印をだしていて、とても混雑した状態だ」

「そう。だから答え合わせしたい」

橘さんが顔を近づけてくる。

「正解、教えてよ。早坂さんが好きなのは誰？　部長が本当に好きなのは誰？」

「それは……」

もちろん、本当のことは口がさけてもいえない。

だから俺は話題をずらして、ごまかすことにした。

「橘さんはどうなんだ？」

「私？」

「自分が誰を好きか、わかってるのか？」

俺がきくと、橘さんは「試してる」とこたえる。

「誰とどんなことをしたら自分がどんな気持ちになるか、もう少しでわかる」

橘さんの手には恋愛ノート。

「やろうよ、このゲーム。自分の気持ち、もっと試したい」

「いや、それはダメだ」

「なんで？　なんでダメ？」

「前にもいったろ。許婚がいるなら、他の男にそういうことを頼むべきじゃない」

「そんなの、誰が決めたの？」

「世間的にそういうのをするのはよくないことっていわれてる」

「部長が、そう決めてるだけじゃないの？」

鋭い。でも。

「ダメなものはダメだ」

「やってくれないと授業いかせない」

「そういうことするとさすがに怒るぞ」

俺がいうと、橘さんは「怒ってほしい」なんていう。

「さっきメガネに指紋つけたのも、怒った顔をみたかったから。いろんな表情みてみたい。そのとき、私がどんな気持ちになるか知りたい」

橘さん、めげないな。

「部長、本当にいや？　口ではいってるけど、そうはみえない」

見抜かれている。たしかに俺は橘さんと恋愛ノートに書いてあるようなことがしたい。

でもやっぱり許婚の存在が気になる。結果として家庭環境にわるい影響を及ぼし、橘さんが不幸になったら目もあてられない。だから、とりあえずこの場は橘さんを撃退することにした。

「いいよ、やろう」

俺は彼女の手をつかんで強引に引き寄せる。顔が、今にもキスできそうなほど近づく。

「でも基礎編なんていってないで、応用編をやろう」

恋愛ノートの『手を使わないゲーム』には、基礎編だけでなく応用編もある。

もちろん応用編のほうが過激だ。

「い、いきなり？」

橘さんは目を見開き、顔を真っ赤にする。

「おうようへんっ！」

所詮は恋愛キッズ、攻めは強くても守りが弱い。

ダメ押しに、俺は橘さんの髪をかきあげ、耳に息を吹きかける。

「ふみぃっ！」

橘さんは変な声をあげて手をふりほどき、耳を押さえて俺から離れた。

最近はいつもこうやって、照れさせて撃退している。

でも、橘さんが顔を赤くしていたのはほんの数秒で、すぐに真顔に戻っていう。

「部長、今ごまかすためにやったでしょ」

「どうだろうか」

「私は部長が本当に誰を好きなのか知りたいだけなのに」

橘さんは恋について理解しようとしている。

早坂さんの気持ち、俺の気持ち、そして自分の気持ちを。でも——。

「恋愛は簡単に答え合わせのできるものじゃない。人の心は難しい。だから、相手の気持ちを想像して、みんな悩むんだ」

「そう、わかった」

橘さんは平静を取り戻していう。

「じゃあ、自分で答え合わせする」

「どうやって？」

「感情試験」

なんだか不穏な響きだ。

「部長がわるい。私には勉強教えてくれないのに早坂さんには教えるから。私を遠ざけるのに酒井さんとは仲良くするから。だから私はこういうことをしてしまうんだ」

そういうと橘さんは部室をでていった。

俺はもう一度メガネを拭き、眠っていたときに乱れた制服の襟元を整える。

それにしても橘さん、一体なにをするつもりなのだろうか。

そう思っていたら次の休み時間、橘ファンの男子たちの悲鳴があがった。

橘さんが彼氏のネクタイをつけている、というのが理由だった。

それが、橘ひかりの感情試験の始まりだった。

◇

朝、校門の前で橘さんに声をかけられる。

「おはよう、部長」

胸元には、男物のネクタイが結ばれている。

「どう、これ？」

「似合ってる。リボンタイよりクールだ」

「部長、今どんな気持ち？」

「普通」

俺の反応が面白くなかったようで、橘さんは「ふうん」といって歩き去った。

本当に俺はなにも思わなかった。

夏の朝と橘さん、その組み合わせがさわやかだな、と感じただけだ。

一方、橘ファンの男子たちはため息をついていた。

彼らのよりどころは、橘さんが彼氏にもそっけないことだった。名ばかり彼氏であれば、つけいるスキがある。その希望が、このラブラブネクタイ騒動で打ち砕かれた。

「桐島くん、大丈夫？」

渡り廊下で、早坂さんに声をかけられる。

一限目が化学の実験で、実験室に移動しようとしていたときのことだ。

「なんのこと？」

「ほら、橘さん。彼氏と仲良くしてるみたいだし」

「あのくらい平気だ。どうってことない」

「もしかして、また悔しがって快感かんじてる？」

なんて会話をしていると、橘さんが反対側からやってきた。

手には紙パックの黒酢ドリンク。健康志向だ。

「なんかいい感じだね」

橘さんが早坂さんに声をかける。

駅ビルで一緒になって以来、二人はそれなりに仲良くしているようだった。

「早坂さん、やっぱり部長のこと好き？」

「そ、そんなことないよ」

ストレートな質問に、早坂さんはあわててこたえる。

「普通だよ、普通」

「ふうん。私は部長と仲いいよ」

そういいながら、橘さんが俺の腕にくっついてくる。瞬間、早坂さんの顔がひきつった。

「ちょっと橘さん、ここ、学校だよ」

「そうだね」

「それに、彼氏いるよね？」

「それがどうかした？」

「彼氏がいるのに桐島くんとそんな、その、くっつくなんて……」

「部長と部員のスキンシップ」

「そ、そう。うん、そうだね。仲がいいのはいいことだね。二人が仲いいと、私も嬉しいよ」

早坂さんはぎこちない笑顔を浮かべる。

早坂さん、そんなわかりやすい顔をしてはいけない。

橘さんは俺たちを試しているだけなのだ。橘さんは早坂さんの反応に満足したようで、

「あ、授業始まる」

といいながら黒酢ドリンクにストローをさし、口にくわえながら去っていった。

「桐島くん、ちょっと教室戻ろっか」

早坂さんが張りついた笑顔のまま、「ちょっと顔かせや」みたいなテンションでいうので、
俺たちは誰もいなくなった教室に戻った。

「橘さんと順調に仲良くなれてるみたいだね」

「なんか、ごめん」

「いいのいいの。それでいいんだよ。だって、一番の女の子が相手だもん」

そういう割に早坂さんの教科書を持つ手は、力が入りすぎて指が白くなっている。

「桐島くん、いつもよりなんだか胸元涼しそうだね」

「そうかな？」

「第二ボタンまで開けちゃって。でも橘さん、急にどうしたんだろ。彼氏と仲良くしてるのに、桐島くんにくっついたりして」

「あれはさ」

俺は、橘さんが俺たちの気持ちを試しはじめたことを説明する。

「ふうん、じゃあ、ああやって私に嫉妬させようとしたんだ」

「多分、そうだと思う」

「まあ私、ああいうの全然気にしないし」

すごく気にしてる。

「顔になんてでないし」

笑顔が恐い。

「二番ってわかってるし。みせつけられたところで、どうってことないし、平気だし」

後ろに仁王像がみえる。そんな早坂さんはひと息ついてから、まじまじと俺をみる。

「そういえば桐島くん、整髪料買ったのにあんまりつけてないよね」

「朝は時間がなくて、どうしても忘れてしまうんだ」

「ダメだよ、身だしなみなんだから。つけてあげるね」

そういいながら、早坂さんはカバンから自分のヘアワックスを取りだす。

プールの授業があるから、持ってきているらしい。

早坂さんは背伸びして手を伸ばし、俺の頭にワックスをつけた。

「はい、できあがり。いい感じだよ」

チェリーブロッサムとスズランの、フローラルな香りがする。

いつも早坂さんの髪からしてるにおいだ。

「橘さんの前ではちゃんとかっこつけないと。橘さんの前で、ね」

◇

昼休み、俺はいつものごとくソファーに寝転んでいた。音楽を聴こうと思ったけど、それができないので仕方なく眠ろうとしたところで橘さんが入ってくる。

橘さんは近づいてくるなり、またもや俺のメガネのレンズを指でさわった。

「そんなことしても怒らないぞ」

「私はいろんな顔がみたいだけなのに」

そこで橘さんは鼻をすんすんとさせる。次の瞬間、俺の頭を両手でわしづかみにし、においをかぎはじめた。

「ふうん、そういうこと」

冷たい表情でいう。

「これ、私への挑戦状だよね」

「橘さんは鼻が利くな」

「早坂さんの甘い香り、部長には似合わないよ」

そういうと、橘さんはどこからともなく自分の整髪料を取りだし、べったりと手につけて俺の髪につけた。さわやかなシトラスミントの香りに上書きされる。

髪を洗うこともできないから、そのまま過ごすことになった。

昼休みが終わったあと、廊下ですれちがいざま、早坂さんに耳打ちされた。

「橘さんの香りがする。つけてもらったんだね」

とっさにふり返ると、早坂さんはこちらをみてにっこりと笑った。

「よかったね」

笑顔が逆に恐い。眉毛が小刻みに痙攣している。煽り耐性ゼロだ。

「私、全然平気だよ。だって最初から二番ってわかってるもん。嫉妬したりしないから、大丈夫だよ」

そういって立ち去る早坂さん。

俺も教室に戻ろうと思うんだけど、なんとなく早坂さんが心配になって後を追う。

早坂さんは渡り廊下で虚ろな目をしてつぶやいていた。

「なんで私の桐島くんに手をだすかなあ……彼氏いるくせに……自分がきれいだからって……」

◇

橘ひかりの感情試験はまだまだつづく。

ある日、またもや橘ファンの悲鳴があがった。

イヤホンで音楽を聴いていたのだ。本来の橘さんはヘッドホン派で、いつもは重低音に定評のある、白地に金色のロゴが入ったワイヤレスヘッドホンをしている。

当然、あのイヤホンは彼氏のものだと噂になる。

しかも絶対に聴かなそうなオルタナティブロックを口ずさんでいたらしい。鋭角サウンドが突き刺さる感じ。女の子は付き合う男の影響で曲の好みが変わるというのは定説だ。

放課後、そんな橘さんがイヤホンを耳につけ、オルタナティブロックを口ずさみながら部室に入ってきた。

「どうかな？」

「夏はイヤホンのほうが涼しくていい」

「ふうん」

橘さんはつまらなそうな顔をして、コーヒーテーブルの上にあった俺の筆箱から、鉛筆を二本抜いて去っていった。

俺はその気になればポーカーフェイスになれる。

でも、早坂さんはそうじゃない。面白いように反応する。

「鉛筆、橘さんにもあげたんだね」

休み時間、早坂さんが声をかけてきた。

橘さんが授業中、鉛筆を使っているのが目に入ったらしい。

「くれたの、私だけじゃなかったんだね」

「ごめん」

「全然、いいんだけどね！」

全然、よくなさそうだ。

「ところで桐島くん、体操服貸してくれないかな」

「体操服？」

「技術の時間に必要なんだけど、忘れちゃって」

「でも体育で使ったあとだぞ。汗だってかいてるし」

「それでいいの、それがいいの」

今度は早坂ファンが絶叫に近い悲鳴をあげた。

サイズの合わない男子の体操服を着ているのだから当然だ。

いわゆる『彼シャツ』状態。

あの清純な早坂さんがそんなことをするはずがない。保健室で借りた体操服がたまたま男物だっただけだ。熱狂的な早坂ファンは、半ば強引にそう結論づけた。

しかし観察眼にすぐれる橘さんが見逃すはずがない。

体育の授業のあと、すぐさま廊下で橘さんにつかまった。

「あれ、部長のだよね」

「なりゆきで」

「早坂さん、私に向かってアピールしてるよね。完全に」

「あまり刺激しないでくれ」

「これみよがしに鉛筆使ってきたのはあっちが先なんだけど」

早坂さん、そんなことしてたのか。

「とりあえず部長の体操服、私にも貸してよ」

「いや、今日はもう使いどころないだろ」

「家で着る」

「それ、どういう感情？」

◇

二人の謎の戦いは日増しにエスカレートしていく。

橘さんが俺のカバンからデオドラントスプレーを引っ張りだし、目の前でブラウスのなかに入れて使ってから、わざとらしく早坂さんの前を通る。

早坂さんは教科書を忘れたといって俺のを持っていく。

二人がとにかくいろいろするものだから、休み時間、俺はついに生徒会室に逃げ込んだ。

「桐島、お前ボロボロじゃん」

牧がいう。

「なにその頭？」

「二種類のワックスが何度も混じり合ってこうなったって感じかな」

俺はなにが起きているか牧に説明した。

「橘が彼氏とラブラブだってみんな騒いでたのは桐島へのあてつけか」

「感情を試されてるんだ」

「早坂は単純だからまんまと挑発にのって、橘も意外と好戦的だから、喧嘩になったたって感じか。どうりで桐島の身の周りからものがなくなってたわけだ」

牧はずっと気づいていたらしい。鉛筆、体操服、他にもいろいろ。

「女子校とかだと、男子校のカバンで登校するのがステータスだったりするらしいからな。彼氏持ちアピールってのかな。それの桐島バージョンなんだろうな」

「俺、どうしたらいいと思う？」

「やめとけやめとけ。女二人が争ってるときに男にできることなんてなにもねえよ」

そこで牧は急に、「じゃ、俺席外すわ」といいだす。

「どうしたんだよ」

「お客さん。桐島にだろ」

みれば生徒会室の扉の隙間から、早坂さんの友だちの酒井がいるのがみえた。

「俺、なんかあいつ苦手なんだよなあ」

それは多分、酒井と牧が少し似てるからだよ。そう思ったけどいわなかった。酒井は自分の正体をあまり知られたくないだろうから。

牧がでていって、酒井と入れ替わる。

「今、あかねの話してたでしょ。橘さんとやりあってること」

酒井がいう。彼女もこの話をしにきたらしい。

「このままだとあかね、ヤンデレになるよ。それはそれで、かわいいと思うけど」

「そんなに不安定になってるのか？」

「一緒に帰ったとき、ずっと独り言いってた」

『橘さん、なんであんなことするんだろ。私には桐島くんしかいないのに。とらないでよ。あれ？　私、怒っていいのかな？　あ、ダメ、だよね。私、二番だもんね。桐島くんは私の……、なんだっけ？　そうだ、二番だ。だから私、大人しくしてなきゃいけないんだ……』

酒井がとなりにいるのに、ずっとそんなことをいっていたらしい。

「私としては女の戦いをみてるのも面白いけど、あかねの友人の立場としては、桐島に、橘さんにやめるよういってほしいところかな。あかね、メンタル弱いし。そもそも本来は一番タイプで、二番をできるほど器用じゃないんだし」

「でも俺がいって橘さんはいうこときくかな。牧は、男に女の争いは止められないっていってたけど」

「普通はね。でも橘さんは桐島のいうことならきくよ」

「どうしてそう思う？」

「だって橘さん、あかねの気持ちは試せても、桐島の気持ちを試す勇気はなかったでしょ」

やっぱり橘さんは恋愛経験ないね、と酒井はいう。

「最初から全部わかってたんでしょ？」

「なんのことかな」

「とぼけちゃって」

酒井はいう。

「ネクタイもイヤホンも、あれ、全部桐島のでしょ？」

◇

自分のネクタイやイヤホンをみせられて嫉妬するはずがない。口ずさんでいたオルタナティブロックも俺が好きな曲だ。

「そろそろ返してくれよ」

「どうしよっかな。これ、けっこう気に入ってるんだよね」

橘さんがネクタイをさわる。胸ポケットにはイヤホンコードが巻き付けられたMP3プレイヤーが入っている。ワイヤレスじゃないローテクイヤホンを橘さんが使うはずがない。

ネクタイもイヤホンも、俺が部室で寝ていたときに、橘さんがかっぱらっていったものだ。

期末テストが終わった日の午後、俺たちは部室で静かに対峙する。

『本当は彼氏のものを身につけて、桐島が嫉妬する顔をみたかったんだろうね』

酒井はそう分析していた。

『でも彼氏と仲良いところをみせて、桐島に嫌われるのが恐かった。それで、あかねの気持ちしか試せなかった。橘さん、意外と臆病だね』

真実のほどはわからない。いずれにせよ、そろそろ返してもらわないと困る。

おそらく早坂さんもあのネクタイの正体に気づいていて、それでいろいろと張り合ってしまったにちがいない。早坂さんは俺が夏でもネクタイを外さないところを気に入っている。

「返してもいいけど」

橘さんはそういいながら、恋愛ノートを広げる。

「このゲーム、やってくれたらね」

「そういうのはやらないっていっただろ」

「でも私には部長がやりたがってるようにみえる」

「そんなわけない」

俺は強めにいう。橘さんは急にしゅんとする。

「ごめん。わがままいって」

「いや、そこまで落ち込まなくても」

「もう頼まない」

そういってカバンを持ち、部室をでていこうとする。ネクタイもMP3プレイヤーも身につけたままだ。それは返してくれないと困る。というわけで——。

「ちょ、待てよ！」

俺は両手を後ろに組んだ状態で、橘さんの前に立ちはだかった。

「部長、ノリノリじゃん」

「そのかわりネクタイ返せよ」

「いいよ、約束する」

橘さんがほほ笑む。ちょっと嬉しそうで、まあ、喜んでくれてなによりという気もする。

「じゃあ、やろっか」

「やってみよう」

手を使わないゲーム基礎編。

そういう流れになった。

◇

手を使わないゲームは、恋愛ノートに収録されているアホなゲームの一つだ。

例のごとく、ゲームが楽しくなるかどうかはプレイヤーのセンス次第であると注釈が入れられている。

ルールはシンプル、二十分のあいだ手を使わずに密室で過ごすだけ。

俺と橘さんはコーヒーテーブルをはさみ、向かい合ってソファーに座る。

両手は背中の後ろにまわしている。

そうやってゲームを開始したものの、手を使わずにできることなんてほとんどない。

しかもルールが少なすぎて、なにをしたらいいかもわからない。

お互い黙ったまま時間が過ぎていく。

IQ180の著者が作ったゲームとはいえ、さすがにこれは失敗なんじゃないか。

そう思ったそのときだった。

「髪、じゃまだな」

橘さんが頬に垂れた一束の髪を、ゆらゆらとゆらす。

「部長、これ耳にかけてよ」

なるほど、そうきたか。

これがこのゲームの真骨頂。自分ができないことを相手にやってもらう。

しかし手は使えないから、体の他のところを使うことになる。そして、手以外で器用に動くところは限られている。

「いいんだな」

「はやく。髪、くすぐったい」

受けてたとう。

俺は橘さんのとなりにゆき、彼女の横顔に顔を近づける。なんだかいい香りがする。そして、頬にかかる髪の束をひとすじ、口でくわえた。そのとき、俺のくちびるが頬をかすめるが、橘さんは平静な顔をしている。

俺はゆっくりと、耳の後ろに髪の束を持っていく。さほど難しいことではない。

しかし、気づけば俺は、髪をかけることにかこつけて、耳の輪郭を舌でなぞっていた。橘さんがかつて俺にしたように。いや、これは別に耳の形がとてもきれいだったとか、その複雑な形に魅了されたとか、そういうわけではない。

橘さんを照れさせて早々に終わらせようと思ったのだ。本当だ。言い訳ではない。

しかし橘さんに照れた様子は一つもない。恋愛キッズは少し成長したようだ。

「どうもありがとう」

橘さんは澄ました顔でいう。

「あと、のどがかわいたんだけど」

ご丁寧にテーブルの上には水の入った紙コップが用意されている。

紙はやわらかいから、ふちを口でくわえることができる。

橘さん、準備がいい。このゲームを完全に理解している。

「じゃあ、いくぞ」

「うん」

俺は紙コップを口でくわえる。そして反対側のふちを、橘さんの口元に持っていく。額を突き合わせるような格好で、またもや顔が近い。

橘さんの顔はやっぱりきれいで、近くでみるとなんだか心が落ち着かない。

頭のネジがゆるみはじめる。

橘さんがコップのふちに口をつける。当然ながら反対側のふちには俺の口がある。

紙コップを使って、俺たちはつながっている。

間接キスではない。俺たちのくちびるはコップのふちに同時存在している。

いうなれば橋渡しのキス。同時存在的接吻行為。

いや、これ、ほぼ、キスだ。つながっている。

なんだか普通にキスするよりも、深く、親密に受け入れられているような気がする。

俺は水を飲ませるため、コップをかたむける。しかし急にかたむけたせいで、水のほとんどがこぼれてしまう。橘さんの薄いくちびるが、白いブラウスが、しっとりと濡れる。

「ごめん」

「拭いてほしい」

テーブルの上にはハンドタオルも置かれている。やれやれ、本当に準備がいい。

俺はスカイブルーのハンドタオルをくわえる。そして橘さんの口元の水を拭く。橘さんの肌は血管が浮きそうなほど白く、繊細だから、とても優しく拭く。

「くちびる、まだ濡れてる」

「わかった」

ハンドタオルの生地は分厚いから、ダイレクトに感触があるわけじゃない。

でも、タオルをはさんで俺のくちびると橘さんのくちびるはたしかにあたっている。

その事実に、くらっとする。

橘さんの頬は上気している。

拭いているとき、心なしか橘さんが口元を押しつけてきたように感じた。もしこのハンドタオルがなかったら、どんな感触だろうか。どんな気持ちになるだろうか。

「濡れてるところ、全部拭いて」

「わかった」

首元に口を持っていって、拭く。白いうなじ。

次はブラウス。濡れて少し透けている。柔軟剤のいい香りがする。生地が薄い。

肩、胸元、スカート。

俺は濡れているところも、濡れていないところも、ハンドタオル越しに顔を押しつけていた。

なぜそんなことをしたのかわからない。理性が壊れはじめている。

俺が体のどこを拭いても、橘さんはまったく抵抗しない。

ただ甘い吐息を漏らすだけ。俺は橘さんの体を感じる。そして——。

なにをしても許される。そんな気がした。

橘さんの華奢な体を抱きしめたい。そんな衝動が湧いてくるけど、抑え込む。そんなことはできない。俺は理性が完全に消えてしまう前に体を離した。

「拭きおわった」

「ありがとう」

橘さんはなんだか恍惚とした表情をしている。

呼吸も浅い。もしかしたら、俺と同じように頭のネジがゆるみはじめているのかもしれない。

「部長、なにかしてほしいことない?」

「そうだな。少し動いたから、腹が減ったかもしれないな」

「それならちょうどここに」

テーブルの上には、ポッキーの銀色の小袋が置かれている。

「これ、食べていいよ」

俺たちは完全にシンクロする。もう言葉はいらない。

橘さんが銀色の袋をくわえ、さしだしてくる。俺は反対側を噛む。

互いに逆方向に向かって引っ張り、袋が開く。テーブルの上に置く。二人の絶妙な呼吸。

橘さんはそこから一本のポッキーをくわえ、さしだしてくる。

俺はその先端をひとくちかじる。ポッキーは短くなる。

短くなったぶん、ポッキーをくわえている橘さんのくちびるが近くなる。

もうひとくち。ポッキーは短くなる。橘さんのくちびるが近づく。

もうひとくち、短くなる、薄いくちびるが近づく。

ポッキーがなくなったら、俺たちはゼロ距離だ。

橘さん、そういうことでいいんだな？

俺はもう橘さんのくちびるしかみえない。完全に、そういう文脈が発生している。

橘さんもそれをわかっている。

『いいよ』

とでもいうように、あごをあげて、くちびるをさしだしてくる。

俺と橘さんの恋の相対距離はポッキーだ。もうすぐその距離はゼロになる。

一番好きな相手と、感情にまかせてキスをする。

橘さんはセンスがあって、独創的だ。きっと今までしたことのないような、オリジナルのすごいキスをしてくれるはずだ。普通の人じゃ絶対にしない、俺では思いつきもしない、とびきり不健全で気持ちいいやつ。

スーパーカーのように特別で、独創性があって、浮き世離れした美しさをもつ橘さん。

そんな女の子とあと少しでキス。一番の、最高の、オリジナルの——

しかし、キス寸前までいったところで。

ふいに橘さんが口を離す。

無情にも残ったポッキーすべてが俺の口のなかにおさまった。

『期待した？』

そんな、いたずらっぽい笑みを浮かべる橘さん。

めっちゃ期待した。

俺はおあずけをくらった犬みたいになる。したかった。キス。この気持ちやり場ない。もうだめだ。我慢できない。強引にでも、橘さんのくちびるを奪いたい。しかし——。

口のなかの感触で、橘さんの真の意図に気づく。

ポッキーのクラッカーの部分。

橘さんがくわえていたところが、湿ってやわらかくなっている。

俺はそれを噛んでいる。橘さんの口のなかに含まれていたものを、俺は口のなかに含んでいる。それはキスよりも背徳的な、禁じられた行為。

飲み込む瞬間、いいしれぬ快感が全身を駆け巡った。

「どう？」

「橘さんは天才かもしれない」

「まだお腹が減ってるんじゃない？」

「とても減っている」

ポッキーが一袋なくなるまで同じことを繰り返した。がむしゃらに、めちゃくちゃに、橘さんがくわえ、俺がかじる。直前で、おあずけをくらう。リピート、リピート、リピート。次の袋にいく。もしかしたら次はキスしてもらえるかもしれない。そんな期待を胸に。したい、キスしたい。

もっと、もっとポッキーを。ポッキーをくれ。もっと、もっとくれ。もっと。欲しい、橘さん、欲しい、ポッキー、もっと、もっと欲しいポッキー、もっと、もっと、ポポポポポ。トんだ。湿ったクラッカーに脳を壊されて、やられてしまった。

橘さんも息が荒くなって、目の焦点が合っていない。橘さんもトんでいる。

最後の一袋。俺は予感する。ここでいける。

二人ともトんだ状態でキスしたら、すごいことになる。多分、死ぬほど気持ちいい。

最高の予感とともに、二人の共同作業、最後の銀の袋を開ける。

しかし――。

そこで二十分の経過を告げるタイマーが鳴った。

間抜けな音とともに、おとずれる虚脱感。

俺たちはいつものごとく我に返り、反省する。

これまでの思考、どうかしてるぜ。

「やはり禁書のゲームは軽々しくやるべきじゃないな」

「………だね」

◇

しばらく、ソファーに身を投げだして脱力していた。

そうしていると、橘さんが俺の上にまたがってくる。

「ちょっと？」

けっこうきわどい体勢だ。スカートが乱れて、白い太ももが大きく露出している。早坂さんだったら絶対わざとだけど、橘さんの場合は判断が難しい。いずれにせよ——。

「ゲームはもう終わりだ」

「ネクタイ返すだけ」

橘さんは自分のしていたネクタイをほどき、俺の襟にまわす。

ネクタイをつけてもらうなんて新婚みたいだな、と俺は少しドキドキする。

「あんま早坂さんをからかうなよ」

「うん」

素直にうなずく橘さん。

「もう必要ない。わかったから」

「なにを？」

「早坂さんには二つの好きがある。そうでしょ？」

一つは先輩を好きという気持ち。もう一つは俺を好きという気持ち。

「私には一つの好きしかないから、それがわからなかった」

同じように、と橘さんはつづける。

「部長にも二つの好きがある」

一つは早坂さんを好きという気持ち。もう一つは……。

橘さんはそこで言葉を止める。

かわりに俺の頬にふれ、

「ねえ、キスしようよ」

なんていう。

「私、したことないからしてみたい」

橘さんがそのまま顔を近づけてくる。俺は肩をつかんで止める。

「だめだ」

「なんで？」

「こういうことはするべきじゃない。彼氏に申し訳ない」

「あの人、彼氏じゃない」

「え？」

「許婚の親戚。私に男が寄ってこないように彼氏面してるだけ」

衝撃の事実だった。でも。

「ちゃんと許婚はいるんだろ？」

「いる」

「別れるわけにはいかないんだろ？」

ちょっと踏み込んだ質問。

橘さんがうなずいて、わかってはいたけどショックだ。

「お母さんの会社が順調なの、その人のお父さんのおかげだから。お母さんが苦労してきたの知ってるし、断れない」

橘さんは俺から体を離し、立ちあがる。

「部長は許婚のいる女の子は好きじゃないんだね」

「そういうわけではないけど」

「でもキスはしてくれない」

するべきじゃない、と俺はいう。

「そっか。じゃあ私、一生、誰ともキスできないね」

「どうして？」

「ねえ司郎くん」

橘さんが突然俺を下の名前で呼ぶ。

「知ってる？」

「なにを？」

「前に、カラオケルームで初恋の話をしたでしょ」

小さいころ、初めて好きになった女の子に、『他の男の子と仲良くしてほしくない』といってしまったエピソード。

「十年前のこと、よく覚えてたよね」

「初恋だからな」

「でも事実はちょっと違うよ」

橘さんはいう。

「正確にはさ、司郎くんはその女の子に、『他の男の子には指一本ふれてほしくない』っていったんだよ」

「より恥ずかしいな」

「そうだね。でもその女の子は真に受けちゃったみたい。十年経った今でも、他の男の子をさわれないし、さわられたくないし、その男の子が相手じゃないとドキドキできないみたい」

橘さんのガラスのような瞳が俺をとらえて離さない。

「ねえ」

ひんやりとした手が俺の頬にふれる。

「知ってる？」

「なにを？」

橘さんは顔を近づけ、少しでも俺が動いたらくちびるが重なってしまいそうな距離でいう。

「その女の子が私だって、知ってる？」

俺はなにもいえない。

ここでなにかいえば、俺たちの関係が大きく変化することはわかってる。でもなぜか早坂さんの顔が浮かんできて、やっぱりなにもいえなかった。いってしまうことで訪れる変化が恐かったのかもしれない。

しばらくみつめ合ったのち、橘さんは俺から離れていく。

「ま、いいんだけどさ」

そして今度こそ帰り支度をして、あっさりと部室をでていってしまった。

一人になった部屋で、ポッキーの袋に目をとめる。

一本つまみあげ、口のなかに入れる。

物足りない。湿ったクラッカーでないと満足できなくなってしまったようだ。

橘さん、やってくれるな。
ポッキーを食べながら橘さんのいっていた言葉を思いだす。
『その女の子が私だって、知ってる?』
知ってるよ。
だから橘さんは特別で、なにがあっても一番の女の子なんだよ。

第6話　四角革命

夏休みまであと二週間になったところで、牧がいう。

「やろうぜ夏合宿」

午前中で授業が終わったあと、部室でのことだ。

きっかけは牧と付き合っている、ミキちゃんという英語教師だ。廃部寸前のミス研を復活させるとき、顧問として彼女の名前を借りた。そのミキちゃんが、ミス研の活動実績がないとして、職員会議で怒られてしまったらしい。

「合宿するとして、なにやるんだよ」

「ミステリー動画を撮ってネットにあげるんだよ。そうすりゃ活動実績として十分だろ。しかも温泉旅館に無料で泊まれる」

牧がタブレットでみせてきたのは古風な温泉旅館のホームページだった。

「宣伝目的だよ。旅館を舞台にしたショートフィルムを撮影して、動画サイトにあげるとタダになるんだ。夏はオフシーズンで部屋が空いてるから、ちょうどいいんだろうよ」

大学生の映画撮影サークルなんかを想定しているやつだ。

無料で泊めるかわりに宣伝動画を撮影してもらう。

「ということで、やろうぜ温泉ミステリー」

「やだな」

「なんで⁉」

「普通にめんどくさいだろ」

「あのなあ、活動実績つくらないと部室もとりあげられるんだぞ」

「それは困るな」

「だったらやるしかないだろ」

牧はやる気まんまんだった。一度、映画監督をやってみたいらしい。すでにコンテを切るよう、漫研の山中くんに依頼しているという。

「役者はそれっぽいやつらに声かけようぜ」

「脚本は？」

「橘でいいだろ。そういうクリエイティブなの、得意そうじゃん」

「じゃあ、それとなく話をもっていってみるか」

「歯切れ悪いな。なんかあったのか？」

「なにもないって」

「そういえば最近、橘のやつ学校休んでるよな」

「ピアノのコンクールがあるから、それが終わるまで休むらしい」

それは本当のことだ。でも実のところ、ここ最近、俺と橘さんの関係はよくない。

キスを断って以来、橘さんの機嫌がすこぶる悪い。

「やっぱ、なんかあったろ」

牧がにやにやしながらいう。変なところで勘がいい。

「でもまあ、橘との関係がこじれても平気だよな。なんせ誰もがうらやむ二番で保険かけてるもんな」

牧が校舎の外に目をやる。遠く、裏門のところに早坂さんが立っていた。

「一緒に帰るんだろ？」

「そういうこと」

俺は立ちあがって帰り支度をする。

「今はいいかもしれないけどさ、おまえ、そのうちヤバいことになるぜ」

牧が思わせぶりなことをいう。

「なんだよ、それ」

「俺の口からはいえねえよ。でも、すぐにわかる」

どうせミキちゃんから、なにかしらきいているのだろう。

「ま、夏合宿はやろうぜ。でないと部室をとりあげられちまうんだから」

「そうだな」

しかし、一つ気になることがある。ショートフィルムをつくるとして。

「俺はなにを担当するんだ？」

「桐島、演技下手そうだしな」

どうしようかな、と牧は悩んでからこたえる。

「死体の役がいいだろうな」

「俺、これでも部長だぞ」と、いいながらも想像する。

薄暗い板の間で、浴衣姿の橘さんにゆっくり、じっくり、とても優しく殺される。

「まあ、それもわるくないかもしれないな」

「倒錯的な妄想はほどほどにしとけよ」

◇

一番の相手を優先する。

二番同士で付き合うと決めたときのルールであり、そのことは俺も早坂さんもよくわかっている。しかし歯止めが利かなくなるときもあり、今回は早坂さんがそうだったようだ。

「このあいだは、ごめんね。ずっといおうと思ってたんだけど……」

一緒に帰っている途中、早坂さんが謝る。先日の、橘さんの感情試験のことだ。

「橘さんと張り合っちゃって。なんていうか、負けたくないって思っちゃったんだ」

「最初から俺のネクタイだって気づいてた？」

「うん。だって桐島くん、夏でもネクタイしてるのに、してなかったし」

ちなみにシャツは第一ボタンまでとめている。

「私は遠慮しなきゃいけないのにね。それでもあのとき、嫉妬しちゃったんだ。ごめんね」

あまりに元気のない顔をしているから、俺は早坂さんの手を取った。

「桐島くん」

早坂さんの顔が明るくなる。

こうやって手をつなぐだけで、相手が喜んでくれる。素敵なことであり、同時に、自分のすることが相手に大きな影響を与えていることに、不思議な気持ちになる。

「世間では、嫉妬はよくない感情とされている」

特に恋愛においてはそうだ。男の嫉妬はみっともないとか、そういう言葉をよくきく。

「でも、とても自然な感情なんじゃないだろうか」

独占したい、特別でありたいという気持ちは誰にでもあるはずだ。

「好きだから嫉妬するんだ」

大人になったらもっとちがう考え方ができるのかもしれないけど、今はまだ無理だ。

「でも私、一番の女の子に嫉妬しちゃったんだよ？　邪魔しちゃったんだよ？」

「俺たちは二番目の好きを、まだどこかで甘くみていた」

俺たちは二番目同士だけど、ちゃんと恋人で、ちゃんと好き。その感情は強くて、上手くコントロールできないこともある。

「嫉妬は好きであることの証拠なんだ」

「桐島くんも嫉妬する？」

「早坂さんがフットサルにいくとき、いってほしくないと思った。一番の相手なのにな。二番でいいってサインをだすときはつらかった」

「嬉しい」

早坂さんは俺の顔をみつめていう。

「桐島くんが嫉妬してくれて、私、嬉しい。なんでだろ、変かな？」

「いや、それでいいんだ。俺も早坂さんが嫉妬してくれて、嬉しかった」

多分、二番目同士で付き合うということは、一番に嫉妬することとセットなのだ。

そういう、少しいびつな関係性。

「ねえ桐島くん、もっと嫉妬してほしい」

早坂さんがいう。

「フットサルのとき、けっこう体ぶつかるんだよ」

「ちょっと」

「一緒に倒れ込んで、体がかさなったこともあるんだよ」

「あまりききたくないな」

「太ももをぶつけたとき、『痛くない？』って優しくさわられたりもした」

「それ以上は」

「私、そのたびに嬉しかったんだよ」

「いいけどな、それでいいんだけどな！」

「桐島くん、今どんな気持ち？」

「もう死にそうだよ」

早坂さんは俺の彼女で、抱きしめることもキスすることもできる。早坂さんもそうされることを望んでいる。でもその女の子が、俺のことを好きなはずの女の子が、他の男と遊んで幸せを感じている。それってけっこう複雑だ。

でも、二番目同士で付き合うっていうのはそういうこと。

俺が嫉妬にやかれて悶えるたび、早坂さんは嬉しそうに笑った。

「桐島くんが橘さんと仲良くしてるとき、私もそんな気持ちだったんだよ」

「ごめん」

「いいの。だって、これが私たちの関係なんだよね？　私たちがちゃんと好きって証拠なんだよね？　ねえ桐島くん、私も嫉妬したい。もっとしたい」

早坂さんがそういうので、俺は、以前、話せなかった雨の日のことを話す。

「橘さんに壁ドンしてって頼まれたことがある」

「したの!?」

「した。ドキドキしたっていってた」

「そういうの軽々しくしちゃダメだよ！」

「橘さんの顔が近くて、俺もドキドキした」

「いいんだけどね、それでいいんだけどね！」

早坂さんは嫉妬しながらもどこか楽しげだ。だから俺は、今度はこっちの番だって感じで、橘さんとの仲良しエピソードを披露していく。

「となりの音楽室で、俺が好きっていった曲を必ず弾いてくれる」

「偶然だよ！　桐島くんの勘違いに決まってるもん！」

「昼休み、部室で弁当のおかずを交換した」

「もう、ききたくないよお……」

「橘さん、俺が好きなバンドのアルバムを全部ダウンロードしたっぽい」

「それ、私も聴く！」

　橘さんとのことを話すたび、早坂さんは俺の手を強く握ったり、目をつむったり、腕にしがみついたりした。それからも俺たちは互いに一番との仲良しエピソードを自慢し合い、やきもちをやいて、へとへとになった。

「二番目同士で付き合うって大変だね」

早坂さんはいう。

「でもさ、相手が橘さんだから許すんだよ。もし、他の女の子とそういうことしたら――」

「したら？」

「う～ん、桐島くんには怒らないかも。相手の女の子に怒ると思う。私の彼氏にちょっかいださないでよ、って」

「早坂さんは俺に優しすぎるな」

えへへ、と早坂さんは笑う。

「でも桐島くん、橘さんとかなり仲良くしてるよね」

「そのことなんだけど」

俺は話した。橘さんに許婚がいること。そして橘さんに許婚と別れる気がないこと。

となると、俺にはもう早坂さんしかいないことになる。でも――。

「あのさ、早坂さん」

「わかってるよ。私が桐島くんに同情して、わざと一番をあきらめちゃうんじゃないかって心配してるんだよね。大丈夫だよ」

そういうの桐島くんが好きじゃないってわかってるから、と早坂さんはいう。

「私、桐島くんの嫌がることは絶対にしたくないんだ。だから、わざと一番の人にふられたりしないよ。桐島くんが望むとおりにする。そうなればいいって思うんだ。私、桐島くんの彼女だから。私ね、桐島くんのためにいい彼女になりたいんだ。したいことがあったらいってね。嫌なことがあったらいってね。全部するし、全部なおすから」

「あ、うん」

「夏休みになったら、いっぱいデートしようね、海に、花火に、夏祭り！」

早坂さんはやけにはしゃいだ声でいう。

「それで、夏休みにはちゃんとした恋人になろうね。ちゃんと思い出つくろうね。ちゃんとみんながしてることしようね。二番でいいから、ちゃんとした彼女にしてね。私は桐島くんだったら全然いいんだからね。いつも優しくしてくれるし、困ったときには助けてくれるし、桐島くん、桐島くん、桐島くん、桐島くん」

早坂さんが強く手を握りしめてくる。なにかしら重いプレッシャーを感じるが、表情はさわやかに笑っているから、こんなものなのだろう……。

「ねえ桐島くん、私たち恋人だよね？」

「あ、ああ」

「じゃあさ、橘さんにしたのと同じこと、私にもしてほしい」

「さっき話した壁ドンとか肘ドンとか？」

うん、と早坂さんはこっくりとうなずく。

「いいけど、どこでやる？　学校戻って部室使う？」

あそこは橘さんの香りがするからあんまり、と早坂さんは首を横にふる。

「じゃあどこ？」

「私の部屋にいきたいけど、今日はお母さんいるしなあ」

なぜそこを気にするのか。

「そういえば、ちょっといったところに神社があったよね」

たしかにあまり人のこない神社がある。境内の裏には鎮守の森があって、木々がしげっている。夜、カップルがそういうことをしているという噂もある。

「さすがに罰当たりすぎるだろ。それに誰かにみられてしまうかもしれないし」

そうだね、と早坂さんは恥じらいの表情を浮かべながらいう。

「ドキドキするね」

◇

「俺だけをみてろよ」

早坂さんを大きな杉の木の前に立たせ、壁ドンをする。

「うん。桐島くんだけみてる」

早坂さんは遠慮なく俺に抱きついて、全身を押しつけてくる。神社の境内に入ったときから早坂さんは完全にデキあがっていた。

『だって久しぶりに二人きりになれたんだもん』

なんて、いっていた。橘さんと争っていた反動もあるのかもしれない。

「ていうか早坂さん、俺けっこう汗かいてるんだけど」

木陰にいるとはいえ、かなり暑い。蟬だってせわしなく鳴いているような季節だから、シャツはかなり汗をすっている。でも、早坂さんに気にした様子はなかった。

「私だって汗かいてるよ」

そういって、離れようとしない。汗と汗が混じり合って、二人の境界がなくなってしまいそうだった。

「壁ドン、けっこう好きかも」

「いや、本来はこういうのじゃないからな」

「そうなの？」

「不意にやられて、女の子は照れて横向くんだよ」

微妙な距離感を楽しむものだ。

「じゃあ、今度は私がネクくいするね」

早坂さんが俺のネクタイをぐいっと引っ張って顔を近づける。次の瞬間、早坂さんは俺のくちびるにキスをして、さらには舌を入れてきた。ネクタイをつかんでいた手も、結局、俺の背中にまわしてただ抱き合いながらキスをする格好になる。

長い時間キスしてくるものだから、口の端から唾液が垂れた。

「私、ネクくいも好きかも」

「橘さんと比べてどう？」

「全然ちがうからな」

「いや、橘さんとキスしたことないから」

「橘さんと比べられたいんだ。比べてくれると、多分、すごく気持ちいい」

早坂さん、どんどん変な方向にいってないか？

「ねえ、比べてよ。橘さんの壁ドンはどんな感じだった？」

「橘さんは……やっぱり器用だった」

「ドキドキした？」

「……した」

「そっか」

別にいいんだよ、と早坂さんは明るい表情でいう。

「橘さんとはミス研のノートに書いてあることいっぱいしたんだよね？　他にはないの？」

早坂さんにきかれて、俺は少し考えてからこたえる。

「耳元ミステリーというものがある」

お互いが密着して、耳元で作品のタイトルをいい、著者をあてるゲームだ。橘さんと耳を舐め合ったことはいえなかった。特にスイッチの入った状態の早坂さんにはいえない。

「それ、しようよ」

「早坂さん、ミステリーはあまり読まないだろ」

「じゃあ国語の資料集に載ってるやつでやろ」

立ったまま、耳元でささやくために顔を交差させる。

「坊っちゃん」

「夏目漱石」

「注文の多い料理店」

「宮沢賢治」

いくつかクイズをだし合ったところで、早坂さんが首をかしげる。

「これ、なにが面白いの？」

「そうなるよな」

耳元ミステリーも手を使ってはいけないゲームも、面白くなるかどうかはプレイヤーのセンス次第、つまりは橘さんの想像力に依存していたのだ。

「男女が仲良くなるためのゲームなんでしょ？　どうすればいいんだろ？」

　戸惑う早坂さんに、俺は仕方なく橘さんのやったことをいう。

「これはさ、気持ちが高まっていくうちに、お互いがもう抱き合う感じになって、それで耳とか舐めちゃう感じになるんじゃないかな。いや、全部想像だけど。橘さんともそんなことにはならなかったけど」

「耳かあ」

　早坂さんは俺の首の後ろに手をまわす。そしてつま先だちになって、耳に顔を近づけてくる。

　そこで、早坂さんの空気が変わった。

「そっか、そうだったんだ……私、バカだ」

　目がとろんとして、口元があやしく笑っている。

「私たち、恋人だもんね。今さら仲良くなるためのゲームなんていらなかったね」

「早坂さん？」

「言い訳みたいなゲームなんかする必要ないよね。そんなごまかし、いらないよね」

　そういうと早坂さんは俺の耳を舐めはじめた。

　ブレーキは完全に壊れていた。

　早坂さんは露骨に胸を押しあててくる。そうしているうちに、自分でどんどん気持ちが高まっていくみたいで、だんだん息が荒くなっていく。

「ねえ桐島くん、どう？」

「どうって――」

「橘さんと比べて、どう？」

いや、橘さんとこんなことしたことないから、と俺は嘘をつく。

「想像でいいから比べてほしい」

「……早坂さんの舌のほうが、熱くて、湿っていて、気持ちいい。橘さんよりも」

橘さんよりも。その言葉をきいて、耳にあたる早坂さんの吐息に喜びの色が混じる。

押しつけられる全身から、早坂さんの嬉しい気持ちが伝わってくる。

正直、橘さんのほうが器用で、丁寧で、多分、俺とのいろいろな相性が異常にいいこともあって、肉体的な快感はそっちのほうが気持ちいい。でも早坂さんは不器用だけど一生懸命で、切実で、精神的な快感があった。女の子にここまで好かれているという充足感がある。

「ねえ私の耳も舐めて」

髪をかきあげ、耳を舐める。早坂さんの体が震える。

「あ……ん、あっ……や……あぁんっ！」

「早坂さん、声」

「だって、でちゃうんだもん」

早坂さんの嬌声にあてられて、俺もなんだか変な気分になってくる。執拗に早坂さんの耳を舐めまわす。早坂さんが喜んでいるのがわかるから、ついついやりすぎる。そして最後に耳の奥に舌を入れたとき、早坂さんはいっそう大きな声をあげた。ローファーがつま先だちになり、スカートから伸びる太ももに、いくすじもの汗が流れた。そして多分、汗だけじゃない。

「早坂さん、そろそろ」

十分だと思った。これまでにないくらい、ダイレクトにイチャイチャした。しかし。

「桐島くん、もっとしようよ」

それは多分、耳を舐め合うことじゃなくて、もっと先のことだ。

早坂さんの目はもはや焦点が定まっていない。

「いや、キスまでってルールが——」

「そんなのもういらない。だって私、桐島くんの彼女でしょ？」

「ああ」

「でも、橘さんが桐島くんのネクタイをしたり、イヤホンしたりしてるとき、考えたんだ」

「なにを？」

「彼女になるってどういうことなんだろ、って。告白してれば彼女なのかな？　でもあのとき、橘さんと私、なにも差がなかった。私は彼女のはずなのに、ずっと負けてた」

「そんなことない」

「でも、それもそのはずだよね。彼女だったら普通はすること、してないんだもん」

早坂さんが俺の手をつかみ、自分の胸に持ってくる。

さっきからずっとくっついてるせいで、早坂さんも汗でびしょびしょで、濡れた髪が妙に色っぽいし、下着も透けている。

俺が流されるままに手がそのふくらみにふれると、早坂さんは嬉しそうな表情を浮かべた。

「いや、ちょっと待て。百歩ゆずって彼氏彼女のすることをするとして、ここ外だぞ？」

「それがいいよね」

早坂さんは俺の太ももに足と足のあいだを押しあてながらいう。

「私ね、桐島くんと橘さんが一緒になっても全然いいと思ってるんだ。でもね、桐島くんに私が彼女だったこと覚えていてほしいの。だからね、私としかしたことないこと、いっぱいしておきたいの」

そういう早坂さんは切実だった。

「私ね、今、ここでしたいの。無理してないよ。だってね、私ね、さっきからずっと……」

体が熱くて、むずむずしてるんだ、と早坂さんは消え入りそうな声でいった。

「桐島くんはしたくない？」

俺はなにか考えようとする。でも押しつけられる早坂さんの体を感じて、いってしまう。

「……したいけど」

「いいよ。桐島くんのしたいこと、全部してほしい」

乱れたシャツ、スカートから伸びる白い足。

「私の体、全部さわってほしい。桐島くんがさわってないところ、ないようにしてほしい」

早坂さんの頬は上気している。

俺はふくらみの上に置いた手に、力をこめる。布越しにも、その感触が伝わってくる。

「あっ、桐島くん……」

切ない声が漏れて、俺もスイッチが入ってしまう。

早坂さんは面白いように反応する。表情を変え、煽情的な声をあげる。

腰、太もも、順にさわっていく。

「桐島くん……んんっ……」

せがんでくる早坂さんにキスをする。

今までみたことのない表情と、その反応。俺はそれがもっとみたくて、早坂さんの体をさわる。もっとみたい。俺にだけみせるその乱れた姿を、もっと、もっとみたい。そう思って、ききたことのない声をききたくて、ついにスカートのなかに手を入れようとする。

「いいのか？」

「うん。私、もう……」

そのときだった。

地面に投げおかれたカバンのなかで、スマホが音を鳴らしながら振動した。

「ちょっとだけ待って」

早坂さんはしゃがんでカバンに手を伸ばす。

「電源切る。ここからは絶対邪魔されたくないから」

そういってスマホを取りだし、画面をみた瞬間、早坂さんはフリーズした。

「早坂さん？」

呼びかけても、ただ画面を凝視している。

俺はちらりとスマホの画面をのぞきみる。

なるほど。

牧がいっていたヤバいこととはこのことだったのだ。生徒会長だし、なによりあいつも同じ中学出身で顔見知りだから、事前にきいていたにちがいない。

俺も自分のスマホを確認する。

早坂さんに届いたのと同じ内容のものが、俺のところにもきていた。

早坂さんの一番の相手、柳先輩からだ。

『桐島の学校に転校することになったから、よろしくな！』

◇

「いけすかねえなあ！」

昼休みの渡り廊下、牧が苦い顔をしながらいう。

「いきなり人気者でモテモテとかさ、ズルすぎんだろ。こっちは生徒会長やったりしてコツコツ人気ためてんのによ。転校初日からブチ抜かれるとかたまらんだろ」

柳先輩は転校してくるやいなや、学校中で話題になった。とにかくさわやかでかっこいい。

「そういうなって。牧だって中学でけっこう世話になったろ」

「わかってるよ、そんなこと。でもよ、この俺が！　生徒会長のこの俺が！　後輩の女子に『柳先輩と知り合いなんですか？　だったら一緒に遊びません？　柳先輩も呼んで』って、バーター扱いされたんだぞ？　こんなことってあるか？」

俺も先輩と仲がいいことが知れると、女子たちから質問攻めにあった。先輩が好きな食べ物はなにか、聴く音楽はなにか、彼女はいるのか。

「ユースに所属してたのに怪我でサッカーあきらめたっていうのも強いよなあ。女子は悲劇が好きだからなあ。おい、桐島、どこいくんだよ」

「校舎の案内をするって、先輩と約束してるんだ」

「お前まで柳先輩なのかよお」

泣き言をいう牧を置いて、三年生の教室に向かう。

先輩は背が高いからすぐにわかった。

「よお、桐島」

先輩が俺をみつけてやってくる。

一緒に廊下を歩いてみれば、みんなが先輩のことをみる。となりにいる俺まで人気者になった気分だった。ここは視聴覚室、あそこが購買、と説明してまわる。

「でも、ずいぶん急な転校でしたね」

「前の学校はユースに通いやすいってだけで選んだ学校だったからな」

そういえばかなり遠かった。

「受験にも向いてないし。となると早いうちに通いやすい進学校に編入したかったんだ」

「夏期講習もありますしね。でも、サッカーに未練はないんですか？」

「ないよ。俺みたいなやつ、いくらでもいるしな。ていうか桐島、俺に敬語使わなくていいってずっといってるだろ」

「いや、やっぱ難しいですよ」

そんな話をしていると、ふと廊下に地味なモードの酒井が立っていることに気づく。

「あなたが転校してきた柳くんですね」

りしている。

酒井は柳先輩にもまったく物怖じしないし、遠慮がない。周りの人たちもちょっとびっく

「ちょっと用があるんです」

「なにかな？」

「まあ、用があるのは私じゃないんですけど」

みれば酒井の背中に隠れながら、早坂さんがこちらの様子をうかがっていた。

酒井が早坂さんの背中を押し、前に立たせる。

「お、早坂ちゃん」

柳先輩が片手をあげる。

早坂さんは一瞬で顔を真っ赤にして、

「こんにちはっ！」

と、あいさつした。つづけて俺にも、

「桐島くん、こんにちはっ！」

どうやら早坂さんは一番の相手を前にすると、いっそうポンコツになるようだ。

「先輩、桐島くんに校内を案内してもらってるんだねっ！」

「早坂ちゃん、どうしたの？」

柳先輩が首をかしげる。

「なんだか顔が赤いけど」

「今日はとても暑いからっ」

「なんだかぎこちないし」

「そ、そうだね。なんだろ、学校で先輩みるのが珍しいからかな。あはは」

話しているうちに、早坂さんはだんだんと落ち着いてくる。

すっかり普通になったところで、俺は声をかける。

「早坂さん、先輩を案内してあげたら？」

「え？　私？」

「俺、このあいだのテストで赤点をとってしまったんだ。追試の準備しないと」

「桐島くんが赤点とるなんてあるの？　あ」

早坂さんは俺の意図に気づいたようで、「そ、そうだね」と表情に力をこめる。

「うん、案内する。私、がんばるね」

「じゃ、俺はこれで」

俺はさらっと指を二本立て、その場を去ろうとする。しかし。

「そんなつれないこというなよ。三人一緒にまわろうぜ」

柳先輩が肩を組んでくる。

「勉強なら俺があとでみてやるよ。中学のときみたいにさ」

それに、と先輩が耳元でささやいてくる。

「桐島、やっぱお前、早坂ちゃんのこと好きだろ」

「いや、そんなことないですよ」

「照れんなよ。俺にまかせとけって」

まかせるもなにも、俺と早坂さんは二番ながらしっかりとした関係なんだけど、そんなこと先輩は知るよしもないので、「じゃ、早坂ちゃんよろしく！」なんていう。

結局、三人で校舎のなかをみてまわることになった。

早坂さんが俺たちの前をぎくしゃく歩く。

「俺が思うに、桐島は脈ありだぜ」

「どうしてそう思うんですか？」

「早坂ちゃん、めちゃくちゃ照れてんじゃん。桐島のこと絶対意識してるだろ」

柳先輩、やっぱり鈍感だ。

中学のときもそうだった。下校のとき、一緒にコンビニの前でアイスを食べていたら、女の子たちが熱っぽい視線を送ってきた。それをみて先輩はいったのだ。

「桐島、お前めちゃくちゃモテるんだな」

俺じゃない。

いつだって格好いいのは先輩で、今だってそうだ。

背の高い先輩のとなりを、控えめな態度の早坂さんが歩けば、すごくお似合いだ。

他の生徒たちはそれをみて、早坂さんなら仕方がないと納得する。

早坂さんの一番の相手が急にリアルになって、俺はなんだか早坂さんを遠く感じる。でも本来はこういうことなのだ。だから俺は先輩にきこえないよう、小さな声で早坂さんにいう。

「俺、応援してるからな」

早坂さんはいつもの笑顔でこぶしをグッと握る。

「うん、私、がんばるね！」

◇

「やさぐれてるね。不良少年って感じ」

酒井がいう。

自転車置き場でのことだ。なんとなく教室にいく気がしなくて、授業をサボっていたところ、みつかったのだった。

「なにか用か？」

「漫研の山中が探してたよ。ショートフィルムのコンテを切るように牧に頼まれたけど、脚本どうするんだろうって」

ミス研の夏合宿のことだ。

「脚本は多分、橘さんが担当することになる。コンクールから戻ってきたらいっておく」

話は済んだと思ったが、酒井はニヤニヤしたまま立ち去らない。

「最近のあかね、ポンコツすぎてみてられないね」

「本題はそっちかよ」

「調理実習でクッキーつくったけど、あかねからもらった？」

「もらってない」

先輩に渡すんだ、と嬉しそうにいっていた。俺のことは眼中にない様子だった。

「で、ちゃんと渡せたのか？」

「渡せるわけないじゃん。今回は自分の足につまずいてずっこけてたよ」

先輩の背中をみつけて、クッキーを渡そうと走りだして行き倒れのようになったらしい。

私やっぱりダメだあ、と酒井に泣きついてきたという。

「私もいろいろ付き合わされて大変だよ」

一緒に先輩の教室にいってみたり、帰り道で声をかけようとしてみたり。

「でも教室までいっても、もじもじするだけだし、帰り道に声をかけても『さよならっ！』って一言だけで、そのまま通り過ぎちゃうし」

「早坂さんらしいな」

そして――。

「先輩のことめちゃくちゃ好きって感じだな。やっぱ一番が相手だとちがうんだな」

「そういって落ち込む二番目の男がここにひとり」

「からかいにきたのかよ」

「そんなところ」

でもそれだけじゃない、と酒井はいう。

「あかね、桐島のこと忘れてるわけじゃないよ」

「そうなのか？」

「むしろすごく気にしてた。あかねがフットサルに参加できるようにしたの、桐島なんでしょ？」

そうだ。ずっと秘密にしていたけど、今回、柳先輩と俺が実は親しかったことがわかって、全部バレてしまった。

「あかね、また独り言つぶやいてたよ。『私、一番の相手だからって桐島くんにひどいことさせちゃった、ごめん、ごめん』って。『嫌われたらどうしよう』って半泣きになってたよ」

「俺が勝手にやったことなのに……」

早坂さんだって、俺が橘さんと仲良くなれるよう傘を一本だけ置いたりする。

早坂さんがそう思ってるように、俺だって早坂さんに幸せになってほしい。

「私が思うに、あかねは混乱してるね」

「そうか？　一番好きな相手が近くにきて元気になった印象だけど」

「それはあかねが桐島に気を使って、最初に桐島が描いたシナリオに合わせようとしてるからだよ。一番がきたら一番が優先。橘さんと桐島がいい感じだから、自分は先輩のほうにいかなきゃって無理してるんだと思うな」

よく考えてみなよ、あかねだよ？　と酒井はいう。

「桐島といろいろ関係を築いたあとで、ほとんどあきらめてた一番の相手が突然近くにきて、すぐに切り替えられると思う？　パンク寸前、わけわかってないと思うな」

「二番の俺のことなんて気にしなきゃいいのに」

「あかねのなかでは最初に決めたその順番のルールは変更されちゃってるんじゃない？」

「なにがいいたいんだよ」

「もし桐島が強引にいったら、あかねはそっちにいくってこと」

「あのなあ」

「ふうん。桐島はルールの変更、認めないんだ。じゃあ私があかねと柳くんをくっつけちゃっていいわけだよね？」

「え？」

「恋の応援をするのは二番目だけじゃないってこと。私だって友だちなわけだし。やっちゃっていい？」

酒井が試してくるから、俺は「好きにしろ」という。

「強がっちゃって。後悔しても知らないからね〜」

そんな酒井の恋のアシストは放課後すぐに効果を発揮した。

教室で最後のひとりになっていたところ、にこにこ顔の早坂さんが歩み寄ってきたのだ。

「先輩にね、誘われたんだ！　一緒に新しくできたパンケーキ屋さんにいこうって！」

「……よかったな」

おおかた度胸のある酒井が先輩に頼んだのだろう。先輩は年下の女の子から頼み事をされたら断れない性格だ。酒井の読みが鋭い。

「ついに一番の相手と二人きりでデートだな」

「うん、だから桐島くんも一緒にいこうね！」

「え？」

なにいってんだ、と思う。

しかし早坂さんは本当に、一点の曇りもない笑顔でそんなことをいう。

「だって私、桐島くんがいないとダメなんだもん！　ずっと、となりにいてね！」

たしかに酒井のいうとおりかもしれない。

早坂さんはもう、わけわかってない。

◇

「先輩と桐島くんって、なんでそんなに仲良しなの？」

早坂さんがきいて、先輩がこたえる。

「中学のときにさ、自治体のレクリエーションでキャンプがあったんだ。山の中で炊き出しをして、一晩テントで夜を明かすってやつだったんだけどさ」

三人でパンケーキ店にきていた。

酒井が早坂さんと先輩をくっつけるために仕組んだわけだけど、二人でお出かけということにはならなかった。早坂さんは精神安定剤がわりに俺に一緒にきてほしいっていうし、先輩からも前日にメッセージがきた。

『早坂ちゃん、やっぱ脈ある感じだな！　酒井って子に早坂ちゃんを誘ってほしいって頼まれたんだけど、早坂ちゃん、すぐに桐島くんも一緒にいい？　ってきいてきたんだぜ。当日はアシストするから、俺にまかせとけよ』

そして今、先輩と向かい合い、俺と早坂さんがならんで座っている。パンケーキを食べおわり、食後のコーヒーを飲んでいた。

入店したとき、先輩はしきりに俺と早坂さんがとなりに座るよう促してきた。俺は早坂さんと先輩が話しやすいよう対面になるようにした。

三人の気持ちはバラバラで、たしかにこの状況は早坂さんにはきついかもしれない。

「そのキャンプでさ、俺と桐島がペアになったんだ」

「それで、面白そうだからって中州にテントを張ったんでしたね」

俺は先輩の話を引きとっていう。

「ところが深夜、川の水音が激しくなって、目が覚めたんだ。上流で大雨が降って、増水したみたいでさ。中州が小さくなって、すぐそばまで水がきていた。それで外にでたところで俺は増水した川に落ちてしまった」

「桐島くん、カナヅチだったよね？」

「先輩が飛び込んで、助けてくれたんだ」

「おいおい、大事なところ省略しすぎだろ」

「そうなの？」

早坂さんが自然な調子できく。

パンケーキ店では、いつもみたいにポンコツじゃなくて、上手く会話できている。

俺がとなりにいる効果はたしかにあるのかもしれない。

先輩の話をきいているときの早坂さんの横顔は、まさに恋する女の子って感じだった。でも机の下で俺の膝と早坂さんの膝がぶつかると、こっちを向いて照れた顔もする。そしてすぐに先輩がいることを思いだし、平静を装おうとする。

心のなかが忙しそうだ。

時折、戸惑った表情で、俺をみたりする。

『なんで柳先輩と一緒にいるところに、桐島くんもいるんだろう？』

そんな顔だ。

早坂さんはこの状況に対応できていない。

「桐島が寝てるとき、俺はテントの外で荷物をまとめてたんだ」

「起きたら先輩がいなくて、あせって外にでたらタイミングわるく流木が流れてきて、俺にはそれが先輩にみえてしまって。寝起きでメガネかけてなかったから」

「それで俺を助けるために川に入ったってわけ。カナヅチなのに他人を助けるために飛び込む男なんてそうそういないぜ」

「いや、先輩のほうがすごいですよ。増水した川から人を助けるんだから」

先輩がすごい。桐島がすごい。

早坂さんの前で、俺たちは言い合いをした。早坂さんは途中から愛想笑いを浮かべるだけになった。多分、思考が停まってしまったのだ。

一番の好きと二番の好きが混線してしまったのだろう。

「そんなこんなでさ、俺と桐島は命を助け合った仲ってわけ。だから中学のころはよくつるんでたんだ」

高校が別々になってからは少し疎遠だったけど、また同じ学校になった。だからこうして話をしているのはとても自然なことだ。それなのに居心地わるく感じてしまうのは、俺と早坂さんの関係が不自然で不健全だからだろう。

「じゃ、俺は用事あるから」

先輩が立ちあがる。

「あとは二人でゆっくりしていってくれ」

先輩はそれだけいうと、俺たちの分まで会計をして帰ってしまった。スマートだ。

俺もどこかのタイミングで早坂さんと先輩が二人きりになるようにしようと思ってたのに。

「結局いつものデートみたいになっちゃったな。ごめん、上手くアシストできなくて」

俺はいう。でも早坂さんはうつむいたまま、なにもいわない。

「どうした？」

「……私こそ、ごめん。柳先輩と一緒にいるところに桐島くん連れてきちゃって。冷静に考えたら、すごくひどいことしてるよね」

「いいよ。早坂さんだって、これまで俺のためにいろいろやってくれてただろ」

「……私、桐島くんにこんなことさせたくなかった」

私ほんとダメだ、と早坂さんは泣きそうな顔でいう。

「早坂さんはつかれてるんだよ、きっと」

それからしばらく、早坂さんはうつむいたまま黙り込んでしまった。

外は夕立が降りだし、俺はテーブルに肘をつきながら雨に濡れていく街を眺めていた。

夕立がやんで、雲間から太陽がのぞいたころ、早坂さんは顔をあげた。

そして、みていてつらくなるような笑顔でいった。

「私――、終業式の日に先輩に告白するね」

◇

いちかばちかの告白は失敗が約束されている。

ドラマチックに感じるかもしれないが、途中で試合を投げだすようなものだ。

終業式のあと、俺はひとり教室の席に座っていた。

早坂さんは今、先輩に告白するため三年生の教室へと向かっている。

この告白については数日前にもう一度、カフェで話し合った。

「すごくしんどいんだ」

早坂さんは紅茶をみつめながらいった。

「先輩と一緒にいるときの私と、桐島くんと一緒にいるときの私を使い分けるの」

「やっぱり難しい？」

「先輩の前では私、彼氏がいないようにふるまってる。でも実際は桐島くんがいる。先輩が他の学校にいたときはよかったけど、今はすごくしんどい。なんだか私が二人になっちゃいそう」

三人でいると特に混乱するらしい。

「私、女優にはなれないね」

「まあ、演技は得意じゃないよな」

早坂さんはそこから俺の話をきかずに、立て続けに言葉をならべた。

「だから、告白するの」

「このままだと私、どうにかなっちゃいそうだから」

「この告白はさ、わざとふられるわけじゃないし、私がしたいからする。だから、桐島くんが嫌がるものじゃないよね？」

俺にはなにもいえなかった。早坂さんはこうと決めたら意地でも変えないところがある。

そして終業式の日、俺は早坂さんの告白の結果待ちをしているのだった。でも——。

多分、この告白は成功しない。

先輩は、俺が早坂さんのことを好きだと思っている。だから俺のために、絶対に早坂さんの告白を承諾したりしない。あの人はそういう人だ。

はっきりいって、早坂さんがフラれたほうが俺には都合がいい。そうすれば俺は橘さんか早坂さん、どちらかと必ず付き合えることになる。

早坂さんが完全な保険となって、失恋確率がゼロパーセントになる。

なにより、あの甘えたがりで抱きぐせのあるかわいい早坂さんを他人に渡さなくてすむ。

そんなことを考える俺は、ズルい。

でも、俺は立ちあがって教室をでる。

告白を止めるつもりだった。

俺は早坂さんに幸せになってほしい。だから俺にとっては都合がわるくても、この成功率が限りなくゼロに近い告白は止めるべきだ。

先輩には、「俺には別に好きな人がいる」と伝えよう。

誤解がとけた状態であれば、先輩が早坂さんのことを好きになる可能性は十分にある。

なぜそこまでするのかといえば、多分、本当に早坂さんが好きだからだ。

他の男子への恋を手伝ってしまえるくらいに好きだ。

でも、手伝えるところがやっぱり二番なのかもしれない。

一番だったら、冷静に応援なんてできなかったはずだ。そのことが俺は少し哀しい。

三年の教室まできたところで、早坂さんをみつけた。

廊下に立ち、胸に手をあて深呼吸をしている。

「桐島くん、どうしたの？」

早坂さんが俺に気づいたそのときだった。

ちょうど教室から柳先輩がでてきた。

「え？」

俺と早坂さんが同時に声をあげる。

柳先輩につづいて、意外な人物がでてきたからだ。

「部長じゃん」

橘さんだ。コンクールから戻ってきたようだ。

そして怪訝な表情で俺と早坂さんを交互にみる。

「どうかしたの？」

「いや、橘さんこそ」

うろたえる俺をみて、柳先輩が首をかしげる。

「桐島、どうかしたのか？」

「先輩、橘さんと知り合いだったんですか？」

「おお」

先輩が頭をかきながら橘さんをみる。

「いっていいか？」

先輩がきくと、橘さんは「別にいいよ」という。敬語を使ってないことから、二人が前から顔見知りであることがわかる。

嫌な予感がする。あまりききたくない。ちょっとここから逃げだしたい。人づてにきくことで受け入れられることだってある。

橘さんは俺のほうを向いているが、視線は斜め下に流れている。普段のクールな感じとはちがう、どこか申し訳なさそうな態度。俺は自分の予感があたっていることを確信する。

心の準備をさせてくれ。

頭をフル回転させる。逃げだす方法、ごまかす方法、もう少しだけ、時間を――。

そう思うけど、先輩はさらっといってしまう。

「許婚なんだ」

「え？」

「将来結婚するんだよ、俺たち」

先輩と、橘さんが結婚する。

そんなことを打ち明けられて、俺はなんていえばいいんだろう。

「つまり、それは、…………おめでとうございます？」

「まだ早いって」

気持ちが状況に追いつかない。

橘さんが他校にいるといっていた許婚が、柳先輩だった。

すると、どうなる？

俺はどうすればいい？

きれいな四角関係が完成して、俺と橘さんは対角線か？

となりをみれば、早坂さんが穏やかに笑っている。

なにも考えられないのだろう。悟りきった表情をしている。こうなってしまえばいっそ楽だろう。

「ところで牧から誘われたんだけどさ」

先輩はいつもの調子だ。

「ショートフィルム撮るのに人が足りてないんだろ？　いいぜ、俺も手伝うよ、夏合宿。早坂ちゃんも一緒にいこうよ」

仏のような笑みを浮かべたままの早坂さん。

俺もなにか考えようとするけど、合宿がどうとか、まったく頭に入ってこない。

ひとまず状況を整理する必要がある。

こういうときは日常的に繰り返ししている動作をして心を落ち着かせるのがいい。

家に帰ったら鉛筆を削ろう。

十二本の鉛筆をピンピンに尖(とが)らせるころには平静を取り戻しているはずだ。
そう、思った。

第6・5話　早坂あかね

早坂あかねは酒井とコーヒーショップで話をしていた。夏休みはどこに遊びにいこうかとか、そんな他愛のない話だ。

「あかね、ブラックコーヒーなんて飲めたっけ？」

「うん、飲めるようになろうと思って。練習してるんだ」

「紅茶しか飲まなかったのに……誰の影響なんだか……」

片眉をつりあげる酒井。あかねは砂糖を二本入れる。

「それにしても驚いた。橘さんと柳くんが婚約してるなんて」

「うん。私も知ったときはびっくりした。お互いの家同士で決めたらしいよ」

「あかね、どうするの？」

「私？　そのままだよ。あきらめない。婚約してるっていってもまだ高校生だし」

「たしかに、あせらなくてもチャンスはあるかもね。今どき家同士で決めた婚約を無理強いとかなさそうだし」

でしょでしょ、と早坂はやけにはしゃいだ声をだす。

「それに、私と柳先輩が上手くいけば、桐島くんも幸せになれるんだ」

「そういえばあのメガネ、橘さんのこと好きだったね」

「あやちゃん、知ってるの？」

「うん、まあ、わかる」

「そっか、あやちゃんからみてもわかるくらい、桐島くんは橘さんのことが好きなのかあ」

がんばらなきゃな、と早坂はいう。

「私が上手くやれたら、橘さんフリーになるもんね。そしたら、桐島くんは橘さんと付き合える。桐島くん、喜んでくれるかな。桐島くん、笑ってくれるかな。桐島くんのために私、もっともっといい女の子にならなきゃ」

「あ、あかね？」

「なに？」

「……ううん、なんでもない」

酒井は首を横にふる。

「それで、ミス研の夏合宿いくの？」

「いくよ。あやちゃんも誘われたでしょ？」

「牧から演技しろっていわれたけど」

「一緒にいこうよ。動画撮るって楽しそうだよ」

「……いいけどさ」

なんか心配だから、と酒井はボソッという。

「でも意外だね。桐島と柳くんがそんなに仲いいの」

「でしょ。二人のあいだにはけっこう熱い友情があるんだよ」

あかねは嬉しそうに、桐島が川で溺れかけたエピソードを語る。

「桐島くんってすごいよね。優しくて、勇気もあって。知的なふりして意外と抜けてるところも多いから、かわいかったりするんだよね。それでさ、桐島くんてさ――」

「あかね」

酒井は話をさえぎっていう。

「……あかねが好きなのって誰？」

「もちろん柳先輩だよ。知ってるでしょ」

「柳くんのどこが好きなんだっけ？」

「え、そんなのいろいろだよ」

あらためてきかれると困るなあ、と早坂はいう。

「サッカーしてるときの一生懸命な感じとか、さりげなく優しいところとか。あと、みんな格好いいっていうよね。私もそう思う。ほら、目元が、……あれ？」

早坂が首をかしげる。

「えっと――、柳先輩、どんな顔だっけ？　あはは、最近ちょっと調子悪くて。とにかく私は柳(やなぎ)先輩が好きで、がんばらなきゃいけないんだ……」

第7話　私、二番目の彼女でいいから

八月初旬の朝、俺は箱根に向かう特急列車に乗っていた。

ミス研の合宿のためだ。

参加するのは部員の俺と橘さん、スペシャルサンクスとして早坂さん、酒井さん、柳先輩、コンテおよび演出として漫研の山中くん、監督に生徒会長の牧、そして顧問の三木先生という、とりあえず数だけ集めましたという感じのメンバーだ。

「先輩、よかったの？」

二列のシート、俺はとなりに座る柳先輩にたずねる。

「受験勉強もあったのに」

「二、三日休むくらいどうってことないって。一応勉強道具も持ってきてるし」

それにな、と先輩は少し照れくさそうにいう。

「ひかりちゃんと、思い出つくりたいんだ」

先輩は橘さんのことを下の名前で「ひかりちゃん」と呼ぶ。

その橘さんは二つ前のシートに早坂さんとならんで座り、これから撮影する脚本について二人でわいわいキャッキャしてた。

「橘さんの書いた台本、よくできてるね」

「そうかな？」

「最初のシーンで桐島くんが死体になってるの、牧くんのアイディア？」

「私がそうしたかっただけ」

「ちょっと扱いがかわいそうじゃない？」

「あんな部長、死体にするくらいしか役に立たないよ」

ひどいいわれようだが、早坂さんと橘さんの仲がいいのは良いことだ。

「桐島、ありがとな」

「いや、企画したのは牧ですから」

「それでもだよ」

先輩が転校してきた本当の理由は橘さんだった。

婚約者として月に一度は会っているけど、ほとんど一緒にいる時間がない。だから結婚する前に、同じ日常を過ごしたいと思ったらしい。

「最初は俺も親にいわれてなんとなく会ってただけなんだ。めちゃくちゃ無愛想な女の子って印象だったな」

先輩がいう。本人にきこえるんじゃないかと思って、俺は少しあせる。

でも橘さんは駅で買ったお菓子がおいしかったらしく、早坂さんと盛り上がっている。こういうところは二人とも普通の女子高生だ。

「何度か会ってるうちに印象は変わっていった。あの子、母親のために縁談を受けるつもりなんだ。女手一つで育ててくれたから、苦労させたくないって。意外と古風だろ？」

先輩がこういう立ち入った話をしてくるのってかなり珍しい。

そして次になにをいうか想像できて、俺はそれをなんとなくききたくない。誰か会話に割って入ってきてくれないかなと思うけど、酒井と山中くんの席は少し離れているし、一つ前のミキちゃんと牧は、なぜかずっと席を外している。

「それで気づいたらさ——」

先輩はついにいってしまう。

「好きになってたんだ」

とっさに俺は前の早坂さんの様子をうかがっていた。先輩のこの言葉を早坂さんにはきかせたくなかった。幸い、早坂さんは車内販売のワゴンを止めて大量のお菓子を買っていた。どれだけ食べるんだろうか。

柳先輩は許婚とか関係なく、橘さんのことが好き。

直接きいてしまうと、すごくリアルだ。

本当にきれいな四角形が完成している。

「先輩、ミス研には入らなくていいんですか？」

「やめておくよ。転校してきたのも、ちょっと強引すぎたって反省してるんだ」

「でも放課後、俺たち二人きりですよ」

「桐島だったら安心だ。女の子に変なことするタイプじゃないだろ」

「そうですね」

先輩は、俺と橘さんのあいだに幼いころの約束という最高の切り札があって、しかも最近まで部室で少々いかがわしいゲームをしていたことを知らない。

先輩は俺のことを無条件に信頼してくれる。でも俺は隠し事をしている。

「片想いなんだ。こうやって少しでも近くにいたいって思うくらい」

先輩はさらになにかいおうとしたけど、黙って車窓の景色を眺めはじめた。

気づけば、橘さんと早坂さんが静かになっていた。どうやらさっき買ったお菓子を真剣に食べはじめたようだ。

俺はイヤホンをして音楽を聴く。

しばらくしたところで、早坂さんと橘さんが席を立ってこちらに歩いてきた。

「どうしたの？」

俺がイヤホンを外してきくと、早坂さんがこたえる。

「車内販売のワゴン、探しにいこうと思って。やっぱりアイスも食べたいから」

「え？　さっきもいっぱい食べてなかった？　これ以上食べたらふと——」

「桐島くん、なにかいった？」

いえ、なにも。

橘さんはひとことも口をきかず、車内販売のワゴンを求めて去っていった。

「あの子が俺のこと好きじゃないの、知ってるんだ」

橘さんたちがとなりの車両にいったあと、先輩はいう。

「でも、待とうと思うんだ」

「好きになってくれるまで？」

「そう。男にさわれないっていうなら、俺にさわれるようになるまで、ずっと待つ。迷惑にならないようにしながら、となりにいようと思う。それくらい好きなんだ。許婚って立場を利用して、ちょっとかっこわるいけど」

先輩と俺は対極だ。

先輩は一番好きな女の子を妥協なく好きでいようとしている。そこにはあきらめとか、片想いが無駄に終わったらどうしようとか、そういう怯えは一切ない。

一方、俺は純愛幻想を否定して、現実路線の二番を肯定した。今もその考えは変わらないけど、先輩をみているとみんなが純愛に憧れる気持ちもわかる。ちょっと眩しい。

「きっと大丈夫ですよ」

俺は本心からいう。

橘さんの婚約者が柳先輩だと知って俺のなかであきらめはついた。

たしかに橘さんから好意を感じたことはある。でも家の事情とか、俺と柳先輩の関係とか、いろんな要素がありすぎた。

だから合宿前、俺と橘さんはそのことでお互いの関係について話し合った。

そして今ではもう、あまり口もきかない。

「橘さんと先輩は、上手くいきますよ」

「ありがとう、桐島はやっぱイイやつだな。そっちもなにか困ったことがあったらいってくれよ。俺、なんでもするから。なんせ俺たち、命を助け合った仲だしな」

先輩は人懐っこく笑う。

大丈夫、俺はもともと一番好きな人とは付き合えないと割り切っているし、理由はどうあれ、そのとおりの結果になるだけだ。

物事が予想どおりになったのだから落ち込むことなんてない。すっぱりあきらめることができるし、未練なんて残りようがない。全然平気、むしろ婚約者持ちの女の子に恋をするような、ややこしい状況をやめることができて感謝したいくらいだ。

「ところで桐島、さっきからずっとポッキー食べてるけど」

「ああ、これですか」

駅の売店で、旅のお供に買ったのだ。その銀色の小袋が膝の上に散乱している。

「食べすぎじゃないか？」

「なんだか味がしなくて、食べた気がしないんです」

先輩がポッキーを一本、手に取って食べる。

「いや、普通にチョコレートの味するぞ」

「そうですか？　なにか物足りないんですよね。クラッカーの部分が湿ってないのがいけないのかな。そう、湿ってなきゃいけないんだ。湿ってなきゃ。もっと、もっと欲しい……」

「桐島？」

怪訝な顔をする先輩を後目に、俺は物足りないポッキーを食べつづけた。

◇

「婚約者が先輩だったからって、あきらめんの早すぎだろ」

牧がいう。

「いや、俺も柳先輩には中学のころかなり世話になったから、桐島の気持ちはわかるぜ。でも、橘は正真正銘、初恋の相手なわけだろ」

「そうなんだけどさ」

夜、牧と二人で露天風呂に入っていた。

初日はまったく撮影をしなかった。美術館にいったり、温泉まんじゅうを食べたり、箱根観光をしてはしゃいだだけだ。そして旅館で晩ご飯を食べ、今、温泉につかっている。

「話をきく限りよお」

牧がいう。

「橘に婚約なんて解消してくれ、って頼んだらいけそうじゃねえか？　いってみた？」

「いってないし、いう気もない」

「なんで？」

「すごく無責任な気がするんだ」

たしかに俺と橘さんのあいだには幼い日の約束がある。それに甘えれば、橘さんが一時の感情に流されて俺を選ぶ可能性はある。でも――。

「婚約を解消したら、橘さんの家は今までどおりじゃなくなる。そうなると、橘さんの将来にも影響がでる」

橘さんが我に返ったとき、後悔するかもしれない。

「いや、高校生の恋愛だろ。先のこと考えすぎだって」

「でも大事なことだ」

俺は橘さんを不幸にしたくない。

「それに、やっぱり俺は先輩を裏切れない」

「まあ、桐島がそういうんなら、そうなんだろうな。それに橘と先輩も、けっこういい感じみたいだし」

箱根観光をしているとき、橘さんはずっと先輩のとなりを歩いていた。

旅館の座敷で晩ご飯を食べたときも、みずから先輩の横に座った。普段のそっけない橘さんからは考えられない行動で、柳先輩も驚いていた。

「まさか、桐島から橘を遠ざけたんじゃないだろうな？」

「二人でそうすることにしたんだ」

「おいおい……、そんなことってあるかよ」

「もう決めたんだ」

今から一週間ほど前のことだ。

夏休みに入り、ミス研は一度も活動をしていなかった。

しかしその日、俺と橘さんは部室に集合した。

合宿で撮影するショートフィルムのシナリオを考えるためだ。

久しぶりにみる橘さんは相変わらず制服が似合っていて、さわやかで、まさに夏のサイダーガールって感じだった。ポカリスエットのＣＭみたいなテンションで恋をしたい衝動に駆られたけど、俺たちはすぐに対立することになった。

「アナグラムがいいんだけど」

「いやいや橘さん、ここは叙述トリックしかない」

ショートフィルムに用いるミステリーの手法を巡ってのことだ。

俺と橘さんは趣味が共通している。深夜ラジオとかミステリーとか。

でも細部がちがっている。ラジオでいえば橘さんはニッポン放送で俺は文化放送、そしてミステリーではアナグラムと叙述トリックだ。

「アナグラムじゃないといや」

橘さんが好むアナグラムとは、文字を使ったトリックだ。

意味不明な文字列が登場して、その文字を入れ替えると物語上の重要な事実が示されるという手法だ。

「しかし橘さん、どうやって動画にアナグラムを使うんだ？」

「まずは酔っ払いを用意するでしょ」

「斬新なストーリーになりそうだ」

「劇中、その酔っ払いはずっと酔っ払ってるの。そしてうわごとのように『絵師浮く白湯うどん』って叫びつづける」

「えしうくさゆうどん？」

「ならび変えると、えんどうしゅうさく。真犯人は遠藤周作で、酔っ払いは最初から犯人をあてていたってわけ。観ている人はやられた、ちくしょう、ってなるでしょ？」

「なるかな？」

「タイトルは『酔っ払い探偵』ね」

たしかにアナグラムトリックだけど、橘さん、思ったよりポンコツだ。

「いや、それはやめておこう」

「なんで？　その酔っ払いには悲しい過去があって、昔は一流企業で働いていたんだけど出世競争に負けて、恋人にふられて、睡眠薬とお酒を同時に飲むようになって――」

無駄に詳細な設定を語りだす橘さん。

「いやいや橘さん、やっぱり映像作品でアナグラムはインパクトに欠ける」

「それをいうなら部長が好きな叙述トリックだって小説でしかできないよ」

「女の子が僕を名乗ったり、老人が若ぶったりするようなやつならな。でも時系列を入れ替えた作品なんかだと、映画化されてヒットした例もある」

叙述トリックの本質は読んでいる人、観ている人の勘違いを利用すること。そして真実が明らかになったとき、観ている人が自分の勘違いに、「ハッ」となることにある。

「というわけで、最初のシーンで死体をだす」

「まずは死体を転がせ。ミステリーの定石ね」

「そのとおり。それでそのあと、かくかくしかじかで」

「ふむふむ」

「それでこうなって、犯人はこうで」

「なるほどなるほど」

「——というわけなのさ」

「ふうん。まあ、短い動画ならそのくらいがいいのかもね」

橘さんは物語の概要をメモにとっていう。

「わかった。叙述トリックでいく。そのかわり人物の名前とか、細かい設定は私にまかせて」

「いいよ」

ということで脚本の方針は決まった。

問題はそのあとだった。

「部長、せっかく集まったんだしこれやろうよ」

橘さんがみせてきたのは、またしても恋愛ノートだった。

「私、もっといろいろ試したいんだけど」

「だめだ」

「部長、ノリわるい」

「俺はだめなものはだめといえる男だ」

「あっそ。それならいい、もう頼まない」

橘さんは例によって、帰り支度をして部室をでていこうとする。

いつもならここで俺が止めてゲームが始まるけど、俺が止めないので、橘さんはドアを開けたところでふり返り、きっ、と俺をにらみつけた。

「部長、本当にやらないの？」

「やらない」

「なんで？」

「いうまでもないだろ」

「婚約者がいちゃだめなの？　誰が決めたの？」

「その手には乗らない」

橘さんはもう恋愛キッズなんかじゃない。いろいろなことをわかってる。

「……私の許婚が、部長の大切な先輩だから？」

「そういうこと」

しばらくのあいだ、無言で視線を交わす。

俺たちはこれまで様々なことに鈍感なふりをして、二人で微妙な関係を楽しんできた。でも、もう無視できない。日が暮れたら家に帰るように、曖昧なまま遊ぶ時間は終わる。

橘さんは母親を裏切れない。

俺は柳先輩を裏切れない。

そうなると、結論は一つ。

「私だって柳くんに申し訳ないって思ってる。この人を好きになれたらよかったのに、この人にさわれたらよかったのに、そう考えたこともある」

でもさ、と橘さんはつづける。

「私、やっぱり部長しかさわれないし、部長でしかドキドキできない。私はもうこれは仕方がないって割り切ってたけど、部長はちがうんだね」

「すまない」

「別にいいけど……でも、小さいころは私のこと好きだったよね？」

「初恋はいずれ終わる」

「そう。周りを全部犠牲にして、私を選んでくれたりはしないんだね」

まあ、私も部長のこと好きじゃないし、と橘さんはいう。

「ちょっと恋愛ってどんなもんだろうって興味があっただけだし」

もう帰る、といって部屋をでていく橘さん。

でも最後にふり返り、さわやかな表情でいった。

「いいよ。小さいころの約束も、二人で作った思い出も、全部なかったことにしてあげる」

「さよなら、先輩想いの桐島くん」

◇

初恋は叶わないところまでがテンプレートだ。だから——。

「それでいいのかもな」

牧がいう。俺も牧も長風呂だ。

「でもよ、早坂はどうするんだよ」

「まだ先輩をあきらめてないみたいだけど……」

私がんばるからね、といっていた。

「……でも、無理だと思う」

早坂さんは婚約者のいる男の人を口説けるタイプじゃない。

「ま、そうだよな。略奪ってタイプじゃないもんな」

つまり、自然と俺と早坂さんの組み合わせができあがる。

「なんか予定調和だな」

「それでいいんだよ。そうなるように計画を立てたんだから」

「物事はおさまるところにおさまる、ってか」

「過程が大事なんだ」

結局二番目同士になるにしても、一番にたいしてやれるだけのことはやったとか、悔いを残さないとか、そういう心の整理や納得が必要なのだ。

俺にも、早坂さんにも。そしてきっと、橘さんにも。

「この合宿はそのための通過儀礼なんだ」

「なにかを経験することで人は別人になる。イニシエーションか」

合宿が終わるころには、俺と早坂さん、先輩と橘さんという組み合わせがきれいにできあがっているはずだ。

しかし、そんなに上手くいくかな、と牧はいう。

「人の感情はパズルじゃないからな。きれいにおさまるとは限らないんじゃないかな」

◇

「それじゃあ、いってみよう！」

牧が家庭用カメラをまわしながら、キューをだす。

箱根に到着した翌日の朝、本来の目的であるショートフィルムの撮影が始まった。

「まちがいなく、百パーセント死んでいるわね」

ゴム手袋をした橘さんが、俺の首すじに手をあてていう。

俺は大浴場で死体の役をしていた。

「でも本当に死んでいるのかしら？　えい、えい」

危ないキャラを演じる橘さん。楽しそうでなによりだが、俺を殴るこぶしの強さには個人的な感情が込められているような気がした。

さらに熱湯のシャワーをかけられる。これは死亡推定時刻をかく乱するための工作だ。しかし撮影なんだから水でよくないか？

「熱い？　まあ、熱くないでしょうね。だって、死んでるんですものね。うふふふ！」

仕上げに業務用の米袋に入れられ、旅館の裏の斜面から落とされた。

「はいカ～ット!!」

牧の声が響いて、最初のシーンの撮影は終わる。

「大丈夫？」

休憩になり、早坂さんが駆け寄ってくる。

旅館の裏庭、俺は折り畳み式の椅子に座って、さっき斜面を転がって打ちつけたところを確認していた。少し痛いが、あざになったりはしていない。

「今のシーンが叙述トリック？」

「そう。あのシーンから始まると、観てる人は当然、橘さんが俺を殺したと思うだろ？」

でも真犯人は別にいて、橘さんは死体を処理しているだけだ。ここから橘さんは真犯人である柳先輩をかばうため、さらなる殺人をすることになる。

「橘さん、脚本書けるなんてすごいね。ネーミングセンスはちょっと謎だけど」

「俺の役名が霧山キリンジなのは、俺がキリンジというバンドを好きだからだと思う」

「じゃあ、柳くんの役名が石倉モリシなのは？」

「先輩が一番好きなサッカー選手の愛称だろうな。もう引退したけど、日本代表にモリシって呼ばれていた選手がいたんだ」

酒井は涌井シアバター、山中くんは帝塚山ベレー坊。

「私のムネコはなんだろ？　心あたりないんだけど」

「そういえば橘さん、早坂さんのこと胸の大きい女の子っていってたな」

「私だけムネ？　なんか納得いかないんだけど！」

冗談っぽく怒る早坂さん。けれどすぐに落ち着いた顔になる。

視線の先には柳先輩がいた。少し離れたところ、橘さんと一緒にいる。

橘さんがペットボトルの蓋を開けられなくて、先輩が代わりに開けて渡していた。

なんか、すごくいい感じだ。

「柳先輩のこと、好き？」

俺がたずねると、早坂さんはこっくりとうなずく。

「私が想像してたとおり。すごく優しくて、思いやりがある。でも、となりには橘さんがいるんだね」

橘さんはずるいなあ、と早坂さんはいう。

「先輩からも桐島くんからも好かれて。生まれついての一番の女の子って感じだよね」

「早坂さんを一番好きな人もたくさんいる」

「そうかもしれないけど、橘さんとならぶと、やっぱりちがうよ。橘さんは特別なんだ。ねえ、橘さんの誕生日知ってる？」

「一月一日」

「そう、橘さんは一年の最初に生まれた人。追い越せない。誰もかなわないんだよ」

でもがんばるからね、と早坂さんは顔の前でこぶしをぐっと握る。

「なんとかして、先輩をふり向かせてみせる」

つい最近までは二つの好きが混線して、パニックになっていた。今は、橘さんの婚約者が柳先輩だったことがショック療法になって、少し立ち直っているようにみえる。でも。

「無理しなくていいからな。本来的には……そういうタイプじゃないんだし」

「心配しないで。たしかに普段だったらできないと思う。でも、今回はちがうんだ」

「どうして？」

「橘さんのこと、ちょっとだけ気に入らない」

早坂さんにしては珍しく強い言葉。

「だって橘さん、先輩と別れる気がないのに、桐島くんに思わせぶりなことしてた」

自分の彼氏が安く扱われたみたいで、嫌だったらしい。

「だからね、今回は遠慮しないんだ。ほんの少しだけ対抗心。あはは、なんか私、いやな女の子みたい。でも大丈夫、やれるよ。先輩が橘さんと別れてくれたほうが、桐島くんにとってもいいもんね。まかせてね」

早坂さんの今の気持ちは、どうも俺と橘さんが軸になって動いているようにみえる。

本当の自分の気持ちを見失っていないだろうか。そこが少し心配だったりする。

「あ、橘さん、先輩とイチャイチャしてる」

みれば、橘さんがハンドタオルで柳先輩の額の汗を拭いていた。

早坂さんはしばらくそれをみていたが、やがてこちらをみていった。

「ねえ桐島くん、キスしようよ」

「え？」

「みんなにバレないように、今すぐここでキスしたい」

それはマズいだろ、と思うが、早坂さんの表情はなんだかしっとりしていて、逃げられないやつだなと直感する。

「あの二人があんな感じなんだもん。私たちもさ、キスしちゃおうよ」

早坂さんの目がすわっている。

言い合いをしているうちに誰かにきかれそうで、俺は急いで早坂さんにキスをした。

「わるいことするのって楽しいね」

早坂さんの表情がやけに色っぽい。どんどんよくない方向にいっている。

でもまたすぐに幼さの残る顔に戻って、明るい表情でいう。

「私、やるからね。二番目の彼女として、最後までちゃんとやるからね」

◇

日が昇っているうちに撮影は終わった。

夕方には仮の編集が終わり、ショートフィルムの上映会をすることになった。この牧という男、さすが生徒会長だけあって仕事が早い。

大部屋の、宴会用のスクリーンにプロジェクターで映しだす。

あれから、たくさんのシーンを撮影して、そのあいだに早坂さんはなんとか柳先輩に近づこうとしていた。

『私、がんばるからね』

そうはいったものの、やっぱり早坂さんは不器用で、あがり性で、なにもできなかった。

ごめんね、ごめんね、と俺に謝っていた。

今、大部屋の畳の上で早坂さんは俺のとなりにおさまっている。前には先輩が座っていて、そのとなりに橘さんが体育座りをしていた。

「よっしゃ、始めるか！」

牧がいい、部屋を暗くする。

そして山中くんがパソコンを操作して、ショートフィルムの上映が始まる。

タイトルの『回し蹴り探偵Qの温泉推理』のすぐあとに、『監督・牧翔太』と大きくクレジットが表示されて、笑いが起きる。

俺は映像をみずに、前に座る橘さんをずっとみていた。髪をアップにして、白いうなじがみえている。

「旅館を上手く舞台にしてるから、宣伝としてはわるくないと思うな」

「そうね」

柳先輩と橘さんは小声でそんな会話をしていた。

十五分のショートフィルムはすぐにクライマックスをむかえる。撮影のとき、橘さんの演技力にみんながあてられたラストシーンだ。

橘さんは真犯人である柳先輩をかばっていた。それを探偵役の牧に看破されたあと、警察に出頭する前に、柳先輩に愛を告げるのだ。

その演技があまりにも真に迫っていたため、その場にいたみんなが、本当に橘さんが柳先輩に告白しているように錯覚した。柳先輩も胸にきたような顔をしていた。
俺はこのスクリーンで、もう一度それをよくみようと思う。
そしてその最後のシーンが始まる直前——。
早坂さんが俺の手を握ってきた。
『私がいるからね』
そういっているようだった。
部屋が暗いのをいいことに、俺は早坂さんの手を握り返す。
スクリーンには切なげな顔の橘さん。薄いくちびるが動く。
「私は石倉モリシのことが好き。なにがあってもこれからも、ずっと好き」
先輩演じる石倉モリシはそれをきいて、「ありがとう」と涙する。
二人の表情やセリフは演技の域を超えていた。
橘さんが本気で告白し、先輩がそれにこたえたようにみえる。
ショートフィルムが終わって残ったのは、恋愛映画をみたあとのような余韻だった。
それが橘さんの答えなんだな。
俺は画面のなかの彼女からメッセージを受け取り、胸の奥にしまった。

◇

花火といっても、人によって好みがわかれる。

早坂さんはカラフルなのが好きで、橘さんはシンプルなのが好き。

夜、俺たちは旅館の中庭で花火をしていた。

夏の思い出の仕上げに、三木先生が用意してくれたのだ。

それぞれ思い思いに手持ち花火を持ち、火花を眺める。

自然と組み合わせができあがっていた。

橘さんと柳先輩、酒井と山中くん、三木先生と牧、そして早坂さんと俺。

「完成してよかったね」

早坂さんがいう。

「回し蹴り探偵Qの温泉推理」

「そういえばそんなタイトルだったな」

「橘さんが先輩に好きっていうシーンに全部もっていかれたけどね」

橘さんは少し離れたところで先輩と一緒にしゃがみ込んで線香花火をしている。火の玉を取り合う遊びをしていて、恋人みたいだ。

「なんだか、割って入る余地なさそう」

早坂さんがいう。

「最初はね、橘さん、ああやって桐島くんの嫉妬を煽ってるのかなって思ってたんだ。でも、この合宿では目も合わせてないよね」

「そうだな」

「もう桐島くんに興味失くしたみたい」

「そうだな」

そのときだった。

橘さんと先輩の会話がきこえてくる。

「ゴミ袋、こっちだよ」

橘さんがそういって、先輩のシャツの裾をつまんで引っ張っていた。

肌にはふれていない。

でも、あの橘さんにしてはすごく進んだことをしている。先輩もそれがわかるから、驚きながらも、感動したような顔をしていた。

「ひかりちゃん、このあとさ、ちょっと散歩しないか？　遊歩道あるみたいだし」

「いいよ」

二人はどんどん親密になっていく。

俺はもうそれをみていられなくて、自分の手持ち花火に視線をうつした。

「なんでだろう」

となりにいる早坂さんがいう。

「橘さん、なんで桐島くんを選ばないんだろ。なんで、桐島くんがつらいこと目の前でするんだろ、なんで……あれ？」

早坂さんの目からは涙がぽろぽろとこぼれ落ちていた。そのことに自分で驚いている。

「おかしいな、橘さんが桐島くんを幸せにしないから、それが哀しいのかな？　桐島くんを幸せにできるのが橘さんだけだから、それが哀しいのかな？　もう橘さんは先輩のとなりにいるのに、それでも桐島くんが橘さんをみてるから、それが哀しいのかな……もう、わかんないや」

涙をぬぐったあと、早坂さんはなんだかつかれきった顔をしていた。

虚ろな瞳のまま、表情を取り繕うこともできないでいる。

「でも、私がんばるから。ちゃんとがんばるから。みてて、がんばるからね」

早坂さんはうわごとのように繰り返す。

「桐島くんにとって、いい彼女でいたいんだ。二番目のいい彼女。だから桐島くんのためになりたくて、桐島くんの役に立ちたくて、桐島くん、桐島くん、桐島くん、桐島くん、桐島くん」

「ねえ早坂さん」

俺は言葉をさえぎっていう。

「花火、もう消えてる」

「……あ、ほんとだ」

早坂さんの瞳に光が戻ってくる。

俺は古い花火を受け取り、また新しい花火に火をつけて、持たせてあげる。

夜闇のなか、色とりどりの火花が輝きを放つ。激しいけれど、どこか切ないその光は、移ろいやすい俺たちの感情のようにみえた。

橘さんが好き。

早坂さんが好き。

柳先輩も好き。

世間の常識にとらわれた恋はしたくない。

世間に非難されるような恋はしたくない。

次々に湧き上がる感情はどれも本物で、それでいてひどく矛盾をはらんでいる。

全部は叶わない。なのに、そう思うこの気持ちは説明不能だ。

でもそれが恋で、人間なんだと思う。

多くの感情が、バチバチと音を立てながら、色を変えて、形を変えて、その場その場で燃えあがる。だから恋をする人の行動や想いは一貫性がなくなって、脈絡もなくなって、それでも矛盾しながら成立してしまうから、わけがわからなくなってしまう。

多分、一貫して論理的な恋なんてこの世に存在しない。

俺たちはその日その時のリアルな感情に流されて、あれこれ迷って、悩んで、ときには自分の本当の気持ちすら忘れてしまったり、自分の気持ちが過去から変化していることに気づかず、置いていかれたりする。

早坂さんだってそうだ。だから彼女は混乱している。

「早坂さん、すまない。俺は謝ろうと思う」

「なんで？」

「君は二番目の恋人にしていい女の子じゃなかった」

きちんと純粋な恋をするべき女の子だった。

なのにこんなことをさせて、不安定にさせてしまった。

「そんなことないよ」

早坂さんは首を横にふる。

「私、いい子じゃないよ。そういうのがいやで、二番目同士で付き合おうっていわれたとき、嬉しかったんだから。わるい子なんだよ」

「だとしても、今の早坂さんはとても混乱している。自分でもわかってると思う」

そうだね、と早坂さんは元気なくうつむく。

「私、どうしたらいいかな？」

「気持ちを整理したほうがいい」

「桐島くんは整理できてる？」

「……橘さんはあきらめた」

そういった瞬間、早坂さんは驚いた顔をしたあとで、少し嬉しそうになり、すぐに戸惑った顔になった。

「あれ？　私喜んでいいんだっけ？　いけないような、でも嬉しいような……」

瞳がまた虚ろになる。

「ごめん。なんか、ダメだ。ちょっと、部屋戻るね」

そういうと旅館のなかへと戻っていった。

しばらくひとりで線香花火をする。

やがて花火を使い切り、みんなで後片づけを始める。

「桐島、手伝うぜ」

バケツを持ってやってきた先輩の口元はゆるんでいた。

「なにかいいことあった？」

たずねると、先輩は照れくさそうに鼻をかく。

「ひかりちゃんと、ほんの少しだけど、仲良くなれた気がするんだ」

「よかったね」

「桐島こそ早坂ちゃんとどうなんだ？　けっこう仲良さそうにみえたけど」

先輩にきかれたタイミングで、スマホが震えた。

ちらりと画面をみる。

『部屋にきて』

早坂さんからのメッセージだった。

俺は先輩に向かって、でも、少し離れたところにいる橘さんを意識していう。

「早坂さんとはいい感じだよ。今夜、大事な話をしようと思う」

大きめの声。しかし橘さんは、澄ました顔のまま片づけに集中している。

橘さんをあきらめたといいながらも、なにかしらリアクションを期待している。その時点で、俺のなかには矛盾した気持ちがまだ残っている。そうさせるのが恋の力なのだ。

でも、俺は物事をおさめるべきところにおさめようと思う。

◇

オフシーズンで客がいないため、旅館は二人につき一部屋与えてくれた。

俺と先輩、牧と山中くん、早坂さんと橘さん、酒井と三木先生という部屋割り。

つまり、早坂さんに呼ばれた部屋は、橘さんとの相部屋ということになる。

しかし橘さんは先輩と散歩にいっているからいない。

「早坂さん」

「……入って」

浴衣姿の早坂さんがひとりちょこんと座椅子に座っていた。

「お茶、淹れるね」

早坂さんがポットのお湯を注いで緑茶をつくってくれる。

俺は向かいに座り、黙ってお茶を飲んだ。

「なんか、落ち着いた」

早坂さんがいう。

「さっきの話のつづき、しよ」

「そうだな」

俺はうなずき、さっきいおうとしたことをいう。

「もう橘さんはあきらめた。だから」

正式な恋人になろう。

それが物事のおさまるべきところ。橘さんと先輩、俺と早坂さん。そういう組み合わせ。

しかし口にだそうとした寸前で、早坂さんがそれをさえぎった。

「――だめだよ」

口調は優しいけれど、強い意志が宿っている。

「だってそれ、優しさだもん」

「でも俺が早坂さんのことを好きなのは本当だ」

「知ってる。でもだめ。その好きじゃ、だめ」

部屋にいるとき、考えたのだという。

「いつもの桐島くんだったら、まだあきらめない。だって先輩と橘さん、まだ婚約してるだけだし、手もつないでないもん」

早坂さんのいうとおりだ。理性的に考えれば、まだあきらめるタイミングじゃない。

今あきらめたら、それはドラマチックだけど自己陶酔的な恋愛だ。ここは我慢して、次のチャンスを待つほうがよっぽど恋愛にたいして誠実だと思う。

つらいときに、やけっぱちになるのはよくない。

幸せは、そういった我慢や冷静さの先にあるはずだ。

「私のせいだよね」

早坂さんがいう。

「私がこんなんだから、橘さんのことあきらめようとしてるんだよね」

そうだ。早坂さんが壊れていくみたいで、俺はもうみてられない。

「でも、桐島くんのせいなんだよ」

「俺のせい？」

「私の心がダメになるのは桐島くんのせい。でも、二番だからじゃないよ。そこじゃない」

「じゃあ、俺のどういうところがダメなんだろう」

「私たち、一番の恋が叶わなかったら一緒になるんだよね？」

「そうだよ」

「でも桐島くん、橘さんとの恋が叶わなかったら、そのままどこかにいっちゃいそう」

それで不安になっていたのだという。

「私と正式な恋人になったとしても、心のなかでずっと橘さんのことを想ってそう」

「そんなふうに感じていたんだな」

「……うん」

橘さんをあきらめたあと、彼女をどう想って過ごすのか、それは俺にもわからない。

終わった恋をどうするかは、また難しい問題だ。

「なんだか私、ひとりになっちゃいそう。桐島くんも先輩も、みんな橘さんにもっていかれて」

「俺は早坂さんのこと好きだ」

「だったらそれを信じさせてよ」

早坂さんが立ちあがる。

そして畳に敷いてある布団の上にいき、座りなおす。

「一番の恋が叶わなかったとき、ちゃんと私のところにきてくれるって信じさせてよ。私の恋が叶わなかったとき、ちゃんと桐島くんが保険になってくれるって安心させてよ。そしたら私、がんばれるから。ちゃんと自分が好きな一番の人を追いかけられるから」

両手を広げて、こちらにくるよう促してくる。

早坂さんの表情はとても寂しげで、俺は布団の上にいき、抱きしめる。

抱きぐせのついている早坂さんだから、それで感情が静まると思った。

でも。

早坂さんは俺にしがみついたまま、みずから後ろに倒れた。

俺が早坂さんを押し倒したような格好になる。

「早坂さん？」

「ねえ桐島くん、私たち彼氏彼女だよね？」

「ああ」

「ちゃんとした彼氏と彼女なんだよね？」

「もちろん」

「だったら、みんながしてること、しようよ」

それは多分、キスより先のことだ。

「……私、ちゃんとした彼女になりたい」

浴衣の胸元がはだけているのに、早坂さんはそれをなおそうともしない。

「俺も、時と場合によっては理性なくなるけど」

「なくなってほしい。私のこと本気で好きってみせてほしい」

生唾を飲み込む。

二番は尊いけど、その上に一番がいる。だからキスまでというルールをつくった。

でも今思うと、それをしないことで早坂さんを不安にさせていたのかもしれない。女の子と本気で向き合うというのはこういうことで、俺はそれから逃げていたのかもしれない。

「いいのか？」

「いいよ」

「こういうことをしてしまったら、決定的になにかが変わってしまうかもしれない」

「うん。私バカだから、桐島くんが一番になっちゃうかも」

早坂さんは困ったような笑みを浮かべていう。

たしかに一線を越えてしまったら、好きの順序が入れ替わる可能性はある。

俺だってそうなるかもしれない。今思うと、橘さんが一番じゃなくなることが恐くて、無意識にそういうことに踏み込まないようにしていたようにも感じる。

「もしそうなったら、そのときは桐島くんの優しさに甘えていい？」

「いいよ」

「私、一番の彼女になったら、けっこう重いよ？」

「いいよ」

「……桐島くん」

目を閉じ、あごをあげる。

俺は体を早坂さんにあずけ、そのままキスしようとする。今まで我慢してきた気持ちを早坂さんの体にぶつけようとする。早坂さんの体温と、心臓の音と、そのやわらかさを感じる。

その瞬間だった。

突然、部屋の扉が開いた。

俺たちはぎょっとしてそちらをみる。言い訳しようとするけど、先に口を開いたのは、橘さんだった。

「なにしてるの？」

少し困ったような表情でいう。

「そこ、私の布団なんだけど」

◇

俺と早坂さんは布団の上にかしこまって座っている。

そこから少し離れたところで、橘さんが足を崩して座っていた。

気まずい。

タイミング悪く橘さんが戻ってきて鉢合わせになり、こういう流れになっている。

「先輩と散歩にいくっていってなかったっけ？」

「誰かさんが聞こえよがしになにかいったから」

橘さんがしれっとした顔でいう。

「ちがうよ」

「それより、早坂さんとそういう関係なの？」

間髪いれずにこたえたのは早坂さんだった。

「ふうん」

「……だって私、他に好きな人いるもん」

「だったら、ああいうことしちゃいけないんじゃないの？　キス、しようとしてたよね」

橘さんにいわれて、早坂さんは黙り込む。

そして、少し間を置いてから、「練習」とこたえた。

「桐島くんで練習してるんだ」

「まるでいつもしてるみたいな口ぶりだね」

「うん、してるよ。練習だから。何度も、何度も、いつもしてる」

挑発的な言葉に、今度は橘さんが黙った。

「なにそれ」と、明らかに不機嫌そうだ。

今、この部屋では、これまでの三人の関係性とはまったく違う、ここだけの鋭角な感情が発生している。

早坂さんの練習彼氏という言い訳は悪くない。俺の一番の恋に気を使って、キスの現場をみられたダメージを減らそうとしているようにみえる。

でも明らかに、突き刺すような感情を橘さんに向けていた。

橘さんも、いつもみたいに淡々としていない。

「まあ、部長が誰とキスしようがいいんだけどさ」

「そうだよね。橘さんには柳先輩がいるもんね」

言葉の裏で、交わす視線で、二人は感情をぶつけ合っている。

「それにしても早坂さん、練習でキスするんだね」

「するよ」

「私だったら練習なんかでしないな」

「橘さん、意外と子供だね」

いつもより好戦的な早坂さん。彼女からすれば、先輩も俺も橘さんにもっていかれているようなもので、そういう気持ちが攻撃的にさせているのかもしれない。

でも、いわれっぱなしで黙っている橘さんじゃない。

「じゃあ、キスしてみせてよ」

唐突にそんなことをいう。

「え？」

「部長とのキスみせて。できるんでしょ？」

これにはさすがの早坂さんも動揺したようだ。

俺も他人にキスをみせたいという気持ちはないから、戸惑う。

「橘さん、キスするところみて、平気なの？」

うろたえながらたずねる早坂さん。

「平気だよ。早坂さんがいったように、私には婚約者がいるし。勉強みたいなものだよ」

それにね、と橘さんはつづける。

「私の『好き』は一つだけ。二つも三つもない。だから他人のキスをみてもなんの感情も湧かないよ。浮ついた恋なんてしないから」

少し皮肉のきいたセリフ。

早坂さんは表情を変えなかったけど、カチンときたようだった。

「桐島くん、しよ」

そういって、膝をついて俺に顔を近づけてくる。

「ちょっと待て、早坂さん」

「橘さんがみたがってるから、みせてあげようよ」

「いや、さすがに――」

俺は橘さんに目をやる。表情の温度がいつもよりさらに低い。

「部長、みせてよ。いつもやってるんでしょ」

なんていう。

女二人の感情の激突に、男が口をはさむ余地なんてない。

俺がこれ以上なにかいおうとする前に、早坂さんが襟を両手でつかんだ。

もう逃げられない。

「橘さん、ちゃんとみててね」

早坂さんがくちびるをかさねてくる。

最初はたしかに控えめな、誰かにみられていることを意識したキスだった。けれど早坂さんは横目に橘さんをみて、その表情がなに一つ変わってないことがわかると、より積極的にくちびるを押しつけてきたり、角度を変えたりしはじめた。

誰かにみられているキスではなく、これは誰かにみせるためのキスだ。

いや、それもちがう。

橘さんにみせつけるためのキスだ。

俺はそれに応じた。早坂さんを抱き寄せ、口のなかに舌を入れた。早坂さんはそのときは驚いたみたいだったけど、すぐに俺の口のなかにも舌を入れてくる。

「桐島くん、唾液ちょうだい」

早坂さんは完全にスイッチが入ってしまって、恍惚とした表情をしている。

俺は横目で、橘さんの様子をうかがう。

嫉妬してほしかった。

俺は早坂さんとキスしながら、そんなことを考えていた。

橘さんは相変わらず冷めた顔をしている。でも。

「もっとみせて」

そんな目をしていた。そして直感した。

橘さんは嫉妬したがっている。俺がいつもSNSをみながらそうしていたように——。

このキスは、この場にいる三人の感情だ。

俺は橘さんに、俺と同じ気持ちになってほしい。俺がずっと嫉妬していたように、俺に嫉妬してほしい。俺がずっと彼氏から奪いたかったように、橘さんにも俺を奪いたくなってほしい。

早坂さんはこの瞬間、二番じゃない。俺の彼女として、橘さんにみせつけている。私の彼氏だと主張し、これまで抱えてきた鬱屈とした感情をぶつけている。もしかしたら自分の一番である先輩を婚約者にしていることへの仕返しもあるかもしれない。

橘さんがキスをみせてといったのは、自分の感情を試したかったからだ。屈折している。そして今、彼女はなんでもない顔でこちらをみているけど、髪を指で巻いていじっている。心穏やかでないときにでる橘さんの数少ないクセだ。

感情が嵐のように渦巻く時間を、俺たちは熱に浮かれたように過ごした。

そしてその時間が去ったとき、最初に我に返ったのは早坂さんだった。

「……私、ほんとバカだ」

人前でキスしたことを恥じたのか、橘さんにあてつけたことに自己嫌悪したのか。

早坂さんは顔を赤くしながら、乱れた浴衣をととのえる。

「ちょっと頭冷やしてくる」

そういって部屋をでていこうとして、橘さんに声をかける。

「……こういうの、私が一方的に頼んでるだけだから。桐島くんは私の練習に付き合ってくれてるだけだから。全部、私が押しつけてるだけで、桐島くんはなにも悪くないから」

橘さんはなにもいわない。

早坂さんはうつむいて、顔をあげられないでいる。

「……橘さんは練習とかしちゃダメだよ。こういうの、わるい子のすることだから」

そういって、足早に部屋をでていった。

俺と橘さん、二人だけになる。

橘さんは何事もなかったかのように、急須でお茶をつくりはじめた。

「部長もいる？」

「あ、うん」

あまりに普通な感じで、なんだかさっきの時間が嘘みたいだ。

真夏の夜の夢だったのかもしれない。

それから特に言葉を交わすことなく、俺はお茶を飲み、自分の部屋に戻ろうとする。

「じゃあ、俺はこれで。また明日」

このまま全部なかったことになるんじゃないか。そう、思った。

今夜だけ、全部なかったことにしてくれ。まちがいだったことにしてくれ。

しかし立ちあがった瞬間、橘さんがつかみかかってきた。

俺はバランスを崩し、背中から倒れる。橘さんもそのまま倒れてきて、馬乗りになり、俺の胸ぐらを両手でつかんだ。

「めちゃくちゃむかついた」

橘さんが真顔でいう。

珍しく感情剝きだしで、すごく怒っている。

そして橘さんがキスしてくる。ぶつけるような勢いだったから、俺のくちびるの内側に自分の歯があたって、切れた。思わず顔を離す。

口のなかに血の味が広がる。

「ごめん。でも加減とかわからないから。初めてだから、練習とかしてないから」

いいながら、橘さんは再びくちびるを押しあててくる。何度も、何度も。

痛みがともなうキスだった。

橘さんはひとしきり乱暴なキスをしたあとで体を起こす。

「私、わるい子みたい」

満足そうな表情。

「橘さん、こういうことはよくない。柳先輩が──」

「もういいって」

橘さんは俺の言葉をさえぎっていう。

「そういうの、もういいから。本当に柳くんに気を使うなら、私を遠ざけたいなら、あんなフィルム撮らないから」

「なんのことだろうか」

「とぼけても無駄だよ。気づかないはずない」

有無をいわせぬ雰囲気に、俺は黙り込む。

橘さんは俺の目をみつめたままなにもいわない。

時計の針が進む音がきこえる。

停止したような時間のなか、俺は観念していう。

「……君はアナグラムトリックを使った」

すると橘さんは「ほら、伝わってた」と、いたずらがみつかった子供のように笑った。

そう、あのショートフィルムには別のメッセージが込められている。

橘さんから俺への告白だ。

先輩への告白じゃない。

◇

橘さんの書いた脚本に登場する人物の名前は、全員ちょっと変わっている。

霧山キリンジ、涌井シアバター、帝塚山ベレー坊。

葉っぱを隠すなら森に隠せ。

本当に意図があった名前は一つだけ。

石倉モリシ（Ｉｓｈｉｋｕｒａ　Ｍｏｒｉｓｈｉ）。

アルファベットをならべ替えれば——。

桐島司郎（Ｋｉｒｉｓｈｉｍａ　Ｓｈｉｒｏｕ）。

劇中、橘さんは先輩演じる石倉モリシに告白する。

「私は石倉モリシのことが好き。なにがあってもこれからも、ずっと好き」

あまりに真剣にいうものだから、誰しもが現実における橘さんの柳先輩にたいする気持ちだと思った。でも、俺にはこうきこえていた。

『私は桐島司郎のことが好き。なにがあってもこれからも、ずっと好き』

つまり先輩に向かって好きという演技をしながら、俺に告白していたのだ。

橘さんは恋の天才かもしれない。

◇

橘さんはまだ、俺に馬乗りになっている。その表情はどこか楽しそうだ。

「司郎くん、私のことホント好きだよね」

俺の感情はすべて読まれている。

「私も司郎くんのこと死ぬほど好きだよ。わかってるでしょ？　私がどんなに冷たくしても、柳くんと仲良くしても、余裕だったでしょ？　疑ったことなんてなかったでしょ？」

橘さんは両手で俺の体を撫でまわす。

「許婚がいるのにこんなことしちゃだめだ」

「まだ、いい後輩でいたいんだね」

でも、もうダメ、と橘さんはいう。

「もし本当に柳くんに気を使うなら、私の気持ちを拒否するなら、あんなショートフィルムを撮るべきじゃなかった。せめて脚本を、役名を変えるべきだった。そうしなかったのは、司郎くんが心の底では私を望んでいたから。私にずっと好きでいてほしかったから。そうでしょ？　ねえ、あのシーンをみて嬉しかった？　先輩より愛されてるってわかって気持ちよかった？」

最高に気持ちよかった。

やれやれ、橘さんは困った人だ。俺のごまかしを全部剝がして、心の底に隠しているズルさを突きつけてくる。そしてそんな弱い俺を、そのまま受け入れてしまう。

あのとき俺は、橘さんから信じられないほどの特別な好意を向けられて、他の人たちがどうでもよくなってしまうくらいの快感に満たされてしまったのだ。

「さっきは乱暴にしてごめんね」

橘さんが指で俺のくちびるをなぞる。

「むかついたから、わざとやったんだ」

「だと思った」

「もう一回していい？」

俺がこたえるよりも早く、橘さんはくちびるをかさねてきた。

今度のキスはとても優しいキスだった。ふれるかふれないかというところから始まって、くちびるをあわせてから、ゆっくりと橘さんの舌が入ってくる。

頭の奥がしびれた。

歯があたって切れた傷口を、橘さんは丁寧に舐める。

「血の味がするね」

「健全じゃないな」

「早坂さんとは何回キスした？」

「数えきれない」

「むかつく」

それから何度もキスをした。

息があがってしまうほどだった。

顔を離したとき、橘さんの表情はどこか満足気だった。

「ねえ司郎くん、早坂さんのこと好き？」

そういう橘さんはなぜか廊下につづく扉に顔を向けている。そしてその視線はさらにその向こう側にあるようにみえる。俺はなにもいえない。

まあいいや、と橘さんがこちらを向く。

「いいよ。司郎くんが望むようにしてあげる」

橘さんはいう。

「私は柳くんの婚約者のままでいる」

――大好きな先輩を裏切りたくないし、私の家庭を壊す責任をとりたくないでしょ？

「司郎くんは早坂さんとそのままでいていいよ」

――でないと早坂さん壊れちゃうし、女の子を傷つける男にもなりたくないでしょ？

「大好きな先輩と仲良くしながら、自分を好いてくれる女の子に優しくしながら、初恋の女の子も自分のものにしたい。そうでしょ？　隠さなくていいよ」

口にはだせない、俺に都合のよすぎる願望。

「全部、叶えてあげる。先輩にいい顔して、早坂さんといちゃいちゃしてなよ。それでも私、司郎くんの女の子になってあげる。黙っててあげる」

だから――。

「みんなに隠れて、悪いことといっぱいしようよ」

そして最後に橘さんはさわやかな表情で、指を二本立てていった。

「私、二番目の彼女でいいから」

つづく

わたし、
二番目の彼女
でいいから。

あとがき

読者の皆様こんにちは、作者の西条陽でございます。

この本を手に取っていただき、誠にありがとうございます。

さて、本作には二人のヒロインが登場します。

早坂あかねと橘ひかり。

主人公である桐島は、一番好きなのは橘で、二番目に好きなのが早坂だと物語のなかで語っています。これは彼が自分で自分の心を観察し、どうやらそうらしいぞと思い至ったもので、その判断は彼だけのものです。

読者の皆様はぶっちゃけ、どちらの女の子が好きですか？

「私、もう重いことはいわないね」といいながらずっと愛が重い早坂あかねと、口ぐせのように「別にいいけど」といいながら、絶対よくないだろって感じの橘ひかり。

こうやって書くと、なかなか厄介な女の子たちで、究極的な選択という気もします。

質問を変えると答えも変わるかもしれません。

付き合うならどっち？　友だちになるならどっち？　応援したいのはどっち？

いや、俺は早坂でも橘でもない！　酒井だ！　という人もいるかもしれません。

読者の皆様の声がききたいなあ、と思う今日この頃でございます。

ヒロインどっちも好き、という答えも全然ありです。桐島も順位付けはしてますが、今のところ女の子たちの圧力にビビって、ちゃんと選べているのか甚だ疑問です。

ちなみに作者はこの物語の結末はまだ考えていません。というのも本作のテーマは世間のイメージや定型にとらわれず、オリジナルの恋愛の形を探すことなので、桐島、早坂、橘、それぞれが試行錯誤し、自分たちでその結末にたどり着くべきだからです。

本作を書くにあたり担当編集氏とも、結末は登場人物たちの行動や心情、その移ろいに委ねようという話になりました。

ちょっと不器用な彼らですが、その行く末を見守っていただければ幸いです。

それでは謝辞です。担当編集氏、電撃文庫の皆様、校閲様、そしてこの本をならべてくださる書店の皆様、およびその他『わたし、二番目の彼女でいいから。』の出版にかかわってくださったすべての皆様、ありがとうございます。感謝しております。

Re岳先生、素敵なイラストありがとうございます。私、編集氏に原稿以外のことでなにかいうことはあまりないのですが、今回は、「もし仕事を受けてもらえるならRe岳先生がいい」といいました。そして出来上がったイラストは想像以上で、大変感謝しております。今後も本作を一緒に盛り上げていけたら、と思っております。よろしくお願いします。

最後に重ね重ね、読者の皆様、ありがとうございます。

皆様を少しでも楽しませることができるよう、執筆に励んでいく所存でございます。

文化祭/カーテンのなか
落ちる下着/絶対服従
早坂プラン/左手の行方
蹴りたい/不道徳RPG
0.03ミリ/門限破り/映画
動く腰/ハロー効果/
/夜の公園/スノッブ
権/終わる恋/結婚ジンクス/犬/
編/三番目の女/キス
潰して食べるタイプ
める/修羅場/甘噛
の私/犬と飼い主
がすること/ペットフ

第２巻、近冬発売予定！

彼女でいいから。

と首輪/わんわん
ときどきクズにな

電撃ノベコミ
好評連載中!!

電撃文庫

100%の彼女

「私、なんの価値もないもん」

「重いよ？」

「俺だってバカじゃないんだ」

「私はデートのつもりだった」

「ご褒美、ちょうだい」

「香水どこにつけた？」

「司郎くん……息継ぎ……させて」

「ヤったんですか？ヤりましたよね？」

「俺を罵ってくれ！」

「私って何番目？」

「蹴ってごめんね」

「……辱められた」

「私の体、オモチャにしたっていいんだよ」

「早坂ちゃん、俺のこと好きなんだろ？」

「今の、もっとぉ……」

「飲ませてよ」

「好きにならなかったらよかった」

「私のこと嫌いにならないで」

「わるい人にはならないでね」

「また、あかね壊したでしょ」

「私の全部、もらってね」

完全青春計画/
後夜祭/女の恥/
コンドーム 極薄
期間限定の恋/
色彩のある世界
ベストカップル選手
大丈夫な日/応用
ハンバーガーは
柴犬のひかり/舐
十代、思い出だけ
普通の彼氏彼女

著／西　条　陽　イラスト／Re岳

わたし、二番目の

「桐島、信じてるからな」

「一緒にわるいことしようね」

「叩いて叱ってしつけてよ」

漏れる吐息/制服
わるいワンコ/俺は

◉西　条陽著作リスト

「世界の果てのランダム・ウォーカー」（電撃文庫）
「世界を愛するランダム・ウォーカー」（同）
「天地の狭間のランダム・ウォーカー」（同）
「わたし、二番目の彼女でいいから。」（同）

本書に対するご意見、ご感想をお寄せください。

ファンレターあて先
〒102-8177　東京都千代田区富士見2-13-3
電撃文庫編集部
「西　条陽先生」係
「Re岳先生」係

本書は書き下ろしです。

電撃文庫

わたし、二番目の彼女でいいから。

西 条陽

2021年9月10日　初版発行
2024年8月5日　8版発行

発行者　山下直久
発行　株式会社KADOKAWA
〒102-8177　東京都千代田区富士見2-13-3
0570-002-301（ナビダイヤル）
装丁者　荻窪裕司（META＋MANIERA）
印刷　株式会社暁印刷
製本　株式会社暁印刷

ISBN978-4-04-913583-1　C0193　Printed in Japan

電撃文庫　https://dengekibunko.jp/

電撃文庫創刊に際して

文庫は、我が国にとどまらず、世界の書籍の流れのなかで〝小さな巨人〟としての地位を築いてきた。古今東西の名著を、廉価で手に入りやすい形で提供してきたからこそ、人は文庫を自分の師として、また青春の想い出として、語りついできたのである。

その源を、文化的にはドイツのレクラム文庫に求めるにせよ、規模の上でイギリスのペンギンブックスに求めるにせよ、いま文庫は知識人の層の多様化に従って、ますますその意義を大きくしていると言ってよい。

文庫出版の意味するものは、激動の現代のみならず将来にわたって、大きくなることはあっても、小さくなることはないだろう。

「電撃文庫」は、そのように多様化した対象に応え、歴史に耐えうる作品を収録するのはもちろん、新しい世紀を迎えるにあたって、既成の枠をこえる新鮮で強烈なアイ・オープナーたりたい。

その特異さ故に、この存在は、かつて文庫がはじめて出版世界に登場したときと、同じ戸惑いを読書人に与えるかもしれない。

しかし、〈Changing Times,Changing Publishing〉時代は変わって、出版も変わる。時を重ねるなかで、精神の糧として、心の一隅を占めるものとして、次なる文化の担い手の若者たちに確かな評価を得られると信じて、ここに「電撃文庫」を出版する。

1993年6月10日
角川歴彦

電撃文庫DIGEST　9月の新刊

発売日2021年9月10日

七つの魔剣が支配するVIII

【著】宇野朴人　【イラスト】ミユキルリア

盛り上がりを見せる決闘リーグのその裏で、ゴッドフレイの骨を奪還するため、地下迷宮の放棄区画を進むナナオたち。死者の王国と化す工房で、リヴァーモアの目的と『棺』の真実にたどり着いたオリバーが取る道は――。

俺の妹がこんなに可愛いわけがない⑰　加奈子if

【著】伏見つかさ　【イラスト】かんざきひろ

高校３年の夏、俺は加奈子に弱みを握られ脅されていた。さんざん振り回されて喧嘩をして、俺たちの関係は急速に変化していく。加奈子ifルート、発売！

安達としまむら10

【著】入間人間　【イラスト】raemz
【キャラクターデザイン】のん

「よ、よろしくお願いします」「こっちもいっぱいお願いしちゃうので、覚悟しといてね」実家を出て、マンションの一室に一緒に移り住んだ私たち。私もしまむらも、大人になっていた――。

狼と香辛料XXIII
Spring LogVI

【著】支倉凍砂　【イラスト】文倉 十

サロニア村を救ったホロとロレンスに舞い込んできたのは、誰もがうらやむ貴族特権の申し出だった。夢見がちなロレンスを尻目に、なにかきな臭さを覚えるホロ……。そして、事態は思わぬ方向に転がり始めて!?

ヘヴィーオブジェクト
人が人を滅ぼす日(上)

【著】鎌池和馬　【イラスト】凪良

世界崩壊の噂がささやかれていた。オブジェクト運用は世界に致命的なダメージを与え、いずれクリーンな戦争が覆されると。クウェンサーが巻き込まれた任務は、やがて四大勢力の総意による陰謀へと繋がっていき……。

楽園ノイズ3

【著】杉井 光　【イラスト】春夏冬ゆう

「男装なんですね。本気じゃないってことですか」学園祭のライブも無事成功し、クリスマスフェスへの出演も決定したPNO。ところがフェスの運営会社社長に、PNOの新メンバーを見つけてきたと言われ――。

インフルエンス・インシデント
Case:02 元子役配信者・春日夜鶴の場合

【著】駿馬 京　【イラスト】竹花ノート

男の娘配信者「神村まゆ」誘拐事件が一段落つき、インフルエンサーたちが集合した配信番組に出演した中村真雪。その現場で会った元子役インフルエンサーの春日夜鶴から白鷺教授へ事件の解決を依頼されるが――？

忘却の楽園II
アルセノン叛逆

【著】土屋 瀧　【イラスト】きのこ姫

あれから世界は劇的に変化しなかった。フローライトとの甘き記憶に浸りながら一縷の望みを抱くアルム。そんな彼に告げられたのは、父・コランの死――。

僕の愛したジークフリーデ
第2部　失われし王女の物語

【著】松山 剛　【イラスト】ファルまろ

暴虐の女王ロザリンデへ刃向かい、粛正によって両腕を切り落とされたジークフリーデ。憎悪満ちる二人の間に隠された過去とは。そしてオットーが抱える想いは。剣と魔術の時代に生きる少女たちの愛憎譚、完結編。

新作　わたし、二番目の彼女でいいから。

【著】西 条陽　【イラスト】Re岳

俺と早坂さんは、互いに一番好きな人がいながら「二番目」に好きなもの同士付き合っている。本命との恋が実れば身を引くはずの恋。でも、危険で不純で不健全な恋は、次第に取り返しがつかないほどこじれていく――。

新作　プリンセス・ギャンビット
～スパイと奴隷王女の王国転覆遊戯～

【著】久我悠真　【イラスト】スコッティ

学園に集められた王候補者たちが騙しあう、王位選争。奴隷の身でありながらこの狂ったゲームに巻き込まれた少女と彼女を利用しようとするスパイの少年による、運命をかけたロイヤルゲームが始まる。

ある中学生の男女が、永遠の友情を誓い合った。1つの夢のもと運命共同体となったふたりの仲は、特に進展しないまま高校2年生に成長し!?　親友ふたりが繰り広げる、甘酸っぱくて焦れったい〈両片想い〉ラブコメディ。

電撃文庫